온 가족이 함께 읽는

어린 왕자

앙투안 드 생텍쥐페리 지음

송재진 옮김

이가서
Leegaseo publishing

온 가족이 함께 읽는

어린 왕자

Le Petit Prince

나는 어린 왕자가, 이동하는 철새들의 도움을 받아
자신의 별을 떠나왔으리라고 생각합니다.

옮긴이의 말 | 이 책을 읽는 어린이와 어른들에게

새로운 얼굴로 찾아온 『어린 왕자』

익히 알다시피 『어린 왕자』는 사막에 불시착한 비행기 조종사와 떠돌이별인 소혹성 B-612호에서 지구를 찾아온 어린 왕자가 주인공인 생텍쥐페리의 동화입니다. 1943년 책으로 나온 뒤 오늘날까지 어린이는 물론 어른에게도 큰 사랑을 받으며 『성경』 다음으로 널리 읽히는, '전 세계가 감동한 베스트셀러'입니다. 토박이말까지 헤아리면 450여 개 언어로 번역판이 나왔고, 우리나라 출판사에서 펴낸 『어린 왕자』만 해도 1,000여 종이 훌쩍 넘습니다.

'이러한데도 굳이 『어린 왕자』를 한 종 더해야 하는가.' 내내 서슴거렸으며, 실제로 마뜩잖게 여기는 눈길 또한 적지 않을 거라 생각합니다.

이러한 형편을 잘 알면서, 묵혔던 원고를 새삼스럽게 다시 꺼내어 다듬은 데는 나름대로 이유가 있습니다.

오랜 세월 책과 잡지 만드는 일을 해 오며 몸에 밴 직업병에서 비롯한 것으로, 『어린 왕자』를 읽다가 마주치는 교정·교열 본능이 그 출발입니다. 낱말은 물론이고 잘못된 내용을 찾아서 바로잡아야 한다는 생각이 그것입니다.

네 번째 이야기에 나오는 소혹성 숫자와 여섯 번째 이야기에서 어린 왕자가 해넘이를 본 횟수 등이 그러한 예입니다.

천문학자가 그런 별 중의 하나를 발견하면 이름 대신 번호를 매깁니다. 이를테면 '떠돌이별 제3251호'처럼 말입니다.

"어느 날은 해 지는 걸 마흔세 번이나 본 적도 있어."
"마흔세 번 본 날 그럼 넌 그렇게도 슬펐던 거야?"

앞쪽 문장에서 밑줄 친 곳은 '떠돌이별 제325호'와 '마흔네 번'으로 바로잡아야 합니다.

『어린 왕자』는 생텍쥐페리가 직접 손으로 쓴 원고와 타자기로 옮겨 쳐서 마련한 것 두 가지인데, 서로 다른 원본영어와 프랑스어을 바탕으로 출판한 책을 그대로 번역함으로써 빚어진 결과입니다. 물론 이를 바로잡지 않더라도 독해와 감상에 크게 영향을 끼치지는 않습니다.

어른들은 나더러 속이 보이건 안 보이건 간에 보아구렁이 그림 따위는 집어치우고 차라리 지리, 역사, 산수, 문법이나 열심히 공부해보는 것이 좋겠다고 충고해 주었다.

초등학교 교육 과정에서 1995년부터 '산수'가 '수학'으로 바뀌었는데도 여전히 '산수'로 표기하는 것도 문제입니다.

더욱이 일곱 번째 이야기에 나오는, 얼굴이 빨건 아저씨사업가를 가리키는 '버섯'은 다르게 번역하지 않으면 그 뜻을 이해할 수 없습니다.

"나는 얼굴이 검붉은 한 신사가 사는 별을 알고 있어. 그는 한 번도 꽃향기를 마셔 본 일도 없고, 별을 쳐다본 적도 없어. 그리고 누구를 사랑해 본 일도 없이, 오로지 계산만 하면서 살아왔어. 그러면서도 그는 하루 내내 아저씨처럼 '나는 중대한 일을 하는 사람이다! 나는 아주 중대한 일을 하는 사람이다!'만 되뇌이며 우쭐거리지. 그렇지만 그것은 사람이 아니라 버섯이라고!"

"뭐라고?"

"버섯이라니까!"

이 대목을 읽으면서, 밑줄 친 버섯이 무엇이라고 생각하셨는지요? 얼굴이 빨건 아저씨사업가를 가리키는 건 분명하지만, 그 뜻은 곧바로 다가오지 않습니다. 외국에서 펴낸 『어린 왕자』를 찾아보면 프랑스 champignon, 영국 mushroom, 일본 キノコ라고 씌어 있습니다. 이를 우리말로 번역하면 모두 다 '버섯'입니다. 실제로 우리나라에서 펴낸 『어린 왕자』에도 하나같이 '버섯'으로 나와 있습니다. 문제는 '버섯'으로 번역한 이 대목을 단번에 받아들이기 어렵다는 데 있습니다.

편집자이기도 했던 강용규 동화작가는 이 부분은 오역誤譯이라면서 "그는 사람도 아냐, 그저 벼락부자를 꿈꾸는 몽상가일 뿐이야!"로 바꾸어 번역·출간한 바 있습니다.

"누구를 사랑해 본 일도 없이, 오로지 계산만 하며 살면서도 하루 내내 '나는 중요한 일을 하는 사람이다! 나는 중요한 일을 하는 사람이다!'만 되뇌이며 우쭐"거리는 장사꾼을 가리키는 만큼, 적어도 "그렇지만 그것은 사람이 아니야, 독버섯이야!"라고 옮겨야 하지 않을까, 생각하기도 했습니다. 그러나 독버섯이라면 프랑스 champignon vénéneux, 영어 poisonous mushroom, 일본어 毒茸여야 합니다.

오랫동안 더듬거리며 헤맨 끝에, 마침내 답을 찾았습니다. 『어린 왕자』를 집필하던 당시에는 '버섯'을 '나무에 빌붙어 영양분을 빨아먹는 기생 식물인 곰팡이'로 여긴 까닭에 먹지 않았답니다. 그러므로 다음과 같이 번역해야 마땅합니다.

"하지만 그 사업가는 사람이 아니야. 기생 버섯『어린 왕자』를 집필하던 당시에는 '버섯'을 '나무에 빌붙어 영양분을 빨아먹는 기생 식물인 곰팡이'로 생각한 까닭에 먹지 않았답니다.이지."

『어린 왕자』를 '철학 동화'나 '어른을 위한 동화'로 자리매김하는 경우가 많습니다. 정말 그런지, 그 대상 독자가 어린이인지 어른인지에 대한 관점 또한 따져 봐야 한다고 봅니다.

결론을 먼저 밝히면 『어린 왕자』는 명백하게 동화입니다. 다음 일화를 놓고 보면 그 근거로 충분할 듯합니다.

생텍쥐페리가 1942년 뉴욕의 어느 레스토랑에서 한 소년의 그림을 냅킨에다 그리면서 이렇게 말했다.

"내 마음속에는 이처럼 생긴 어린아이가 살고 있어요."

그 그림을 물끄러미 들여다보던 출판업자 커티스 히치콕이 무릎을 쳤다.

"생텍스, 이 아이를 주인공으로 어린이책을 만들어 봅시다. 크리스마스에 맞춰 책을 내면, 어린이들에게 참으로 근사한 선물이 될 거예요."

그런데도 "이야기 속에 감춰진 깊은 뜻과 진실을 어린이 독자는 쉽사리 이해하기 힘들 거."라면서 '동화로 쓰인 철학책' 또는 '어른을 위한 동화'로 규정짓는 경우가 적지 않습니다. 하지만 이로써 어린이 독자에게 『어린 왕자』와 거리를 두게 해서는 안 된다고 생각합니다. 어디까지나 문학은 감상에서 일어나는 감동이 우선해야 하는 예술이므로, 의미를 앞세워 규정하는 철학 쪽으로 그 비중이 기울어서는 곤란하다고 여기는 까닭입니다.

설혹 '이야기 속에 감춰진 깊은 뜻과 진실'을 어린이가 다 알아차리지 못하고 어른과 얼마쯤 다르게 받아들일지라도 동화로서 『어린 왕자』의 본질이 달라지는 것은 아닙니다. 어린이와 어른의 세계를 나이 차이에서 오는 대립이 아니라 동심을 바탕으로 한 감수성과 상상력의 차이에서 오는 현상으로 봐야 하는 까닭입니다. 이에 대한 이해를 돕기 위해 『어린 왕자』에서 한 대목을 옮깁니다.

> 만약 어른들에게,
> "창가에는 제라늄 화분이 있고 지붕 위에는 비둘기가 날아다니는 아름다운 붉은 벽돌집을 보았어요."
> 라고 말해도, 어른들은 그 집이 어떻게 생겼는지를 상상하지 못합니다.
> "오늘, 십만 프랑짜리 집을 보았어요."
> 라고 말해야 합니다. 그제서야 어른들은,
> "야, 정말 멋진 집을 보았구나!"
> 하고 감탄하지요.

짚고 넘어가야 할 대목이 또 하나 있습니다.

'매우 깊고 간절하게 용서를 빈다.'는 뜻이 담긴 '심심한 사과'가 불러일으킨 문해력 논란이 그것입니다. 더욱이 고등학교 선생으로부터 "학생들끼리 '고지식하다.'는 말을 들으면 아주 좋아한다."라는 이야기를 듣고 깜짝 놀랐습니다. "우스

갯소리가 아니고 '학식이 넓고 아는 것이 많다.'는 뜻으로 자랑스럽게 받아들이는 까닭"이라는 것입니다. 책은 물론 모든 읽을거리가, 어린이·청소년·어른 모두의 문해력에 보탬을 주는 문장과 낱말로 이루어져야 합니다. 그런 점에서도 『어린 왕자』의 낱말과 문장 역시 우리말로 새롭게 다듬고 바루어야 합니다.

아래에 가져온 이윤미 학예사와 이미향 교수의 글을 읽고 나면 마땅히 그렇게 바뀌어야 한다는 데 생각을 같이하리라 봅니다.

> 안내문에 "북한산을 배산拜山으로 하여 산세를 따라 건물을 배치하였고, 계곡에서 흐르는 명당수를 유입하여 정원수庭園水와 방화수防火水로 이용하고 있다"와 같은 문장이 있다면 어떤가. 불필요한 한자어나 명당수와 같이 사전에도 없는 말도 있어 쉽게 읽히지 않는다. 불필요한 표현은 줄이고, 어려운 한자어 대신 고유어를 사용하여 풀어 쓰면 "북한산의 산세를 따라 건물을 짓고, 계곡에서 흐르는 물을 끌어들여 정원에서 사용하거나 불을 끌 때 이용하고 있다"와 같이 훨씬 이해하기 쉬운 문장이 된다.
>
> 이 밖에도 '고졸하다' '모간하다' '후육하다'처럼 어려운 한자어나 사전에 없는 표현을 문화재 안내문에 쓰기도 하였는데 '소박하다' '본떠 새기다' '두껍다'라고 하면 이해하기 쉬워질 것이다.
>
> — 이윤미, 「우리말 톺아보기」에서

> 외국어와 외국어는 일대일 관계가 아니다. 영어 'soft'가 덮을 수 있는 범위더라도 한국말로는 맞는 말이 따로 있다. 어떤 것은 딱딱함의 반대편에 있고, 어떤 것은 억세거나 단단한 것의 짝이 된다. 엄격함 또는 강함에 맞서는 부드러움도 있다. '말랑말랑하

고 물렁물렁하며, 이들이들하거나 야들야들하고, 때로는 나긋나긋하면서도 반들반들하며 보들보들한' 등 한국말에는 눈앞의 상태를 보는 것처럼 그려 내는 특별한 표현이 충분하다.

— 이미향, 「우리말 톺아보기」에서

이러한 생각에 따라, '낱말과 문장이 온 가족 모두의 눈높이에 맞추어 쉽고 편안하게 다가가면서도 어휘력 기르는 데 얼마쯤이나마 보탬을 주었으면 좋겠다.' 생각하고 나름대로 애썼습니다.

60만 명 중 33%가량인 20만 명의 어린이가 『어린 왕자』를 읽었다는 통계를 본 적이 있습니다. 이들 어린이의 독서감상문을 일일이 살펴볼 수는 없지만, 절대로 한결같지는 않을 것이라고 믿습니다. 신체 성장도 그렇지만 정신의 성숙 또한 저마다 달리 나타나게 마련인 까닭입니다. 필요에 따라 맞춤 독서 지도를 통하여, 정답이 아닌 생각의 도움닫기를 제공하는 것만으로도 넉넉하리라고 봅니다.

자료에 따르면, 다른 책과 견주었을 때 『어린 왕자』 다시 읽기가 상대적으로 높은 것으로 나타났습니다. 또한 10대와 20대에 읽고 30대와 40대, 50대와 60대가 되어 다시 봐도 좋은 책이며 그때마다 받는 감흥 또한 모두 다르다고 입을 모은다는 겁니다.

어린이에게는 꿈과 상상력을, 어른에게는 사랑과 동심을 찾아 줄 사막의 우물 같은 『온 가족이 함께 읽는 동화, 어린 왕자』가 지금 새로운 얼굴로 어린이와 어른들을 찾아갑니다.

온 가족이 함께 읽는 어린 왕자 | 차례

레옹 베르트에게

이 책을 한 어른에게 바치는 것에 대해, 어린이 여러분의 용서를 바랍니다. 여기에는 꼭 그래야 할 까닭이 있습니다. 이 어른은 세상에서 나와 가장 가까운 친구입니다. 또 다른 이유는, 이 어른은 거의 모든 것을 다 이해할 줄 압니다. 어린이들을 위한 책까지도 그렇습니다. 그리고 이 어른은 지금 프랑스에서 굶주림과 추위에 떨고 있으므로 내가 위로해 주지 않으면 안 됩니다.

이러한 설명으로도 마뜩잖다면, 나는 이 책을 옛날 어렸을 때의 레옹 베르트 그 어린이에게 바치겠습니다. 어른도 처음에는 누구나 모두 어린이였으니까요. 그러나 그걸 기억하는 어른은 그리 많지 않습니다. 그래서 나는 이 책의 「바치는 말」을 다음과 같이 고쳐 씁니다.

어린이였을 때의 레옹 베르트에게

첫 번째 이야기 • 보아 뱀

나는 여섯 살 때, 정글에서 벌어지는 놀라운 일들에 관해 쓴 책 『실제 겪은 이야기』에서 엄청난 그림을 본 적이 있습니다.

그것은 사나운 짐승을 한입에 집어삼키는 보아 뱀아메리카에 사는 보아과의 큰 뱀으로, 몸길이는 보통 2~5m이고 큰 것은 9m나 되지만 독은 없습니다.을 그린 것이었습니다. 위 그림은 그 장면을 본떠서 그린 것입니다.

그 책에는 이렇게 쓰여 있었습니다.

"보아 뱀은 먹이를 씹지도 않고 꿀꺽! 통째로 삼켜 버린다. 그러고는 더 이상 움직일 수 없어서 여섯 달 동안 꼼짝도 하지 않고 잠만 잔다. 삼킨 먹이는 그동안에 모두 소화된다."

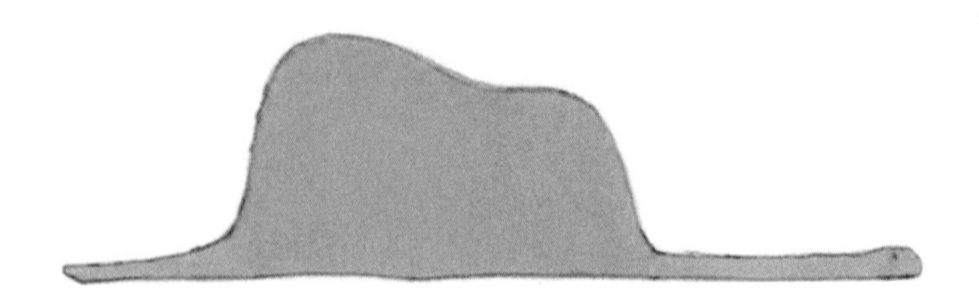

나는 이 책을 읽고, 정글 속 모험에 대해 한참 동안 생각해 보았습니다. 그러고는 색연필로, 태어나서 처음으로 그림을 그렸습니다. 이것이 바로, 내가 그린 그림 제1호입니다.

나는 이 걸작을 어른들에게 보여 주면서, '이 그림이 무섭지 않으시냐?'고 물었습니다.

그러면 어른들은,

"아니, 모자가 왜 무섭니?"

하고 되물었습니다.

하지만 내가 그린 것은 모자가 아니었습니다. 삼킨 코끼리를 소화시키는 보아 뱀을 그린 것이었습니다. 나는 그래서 다시, 어른들이 이해할 수 있게끔 보아 뱀의 배 속이 보이는 그림을 그렸습니다. 어른들은 언제나, 설명해 주어야만 겨우 알아듣는답니다.

내 그림 제2호는 이러했습니다.

어른들은 나에게, 속이 보이든 안 보이든 보아 뱀 따위를 그리는 짓은 집어치우고, 차라리 지리·역사·수학 그리고 문법 같은 공부를 열심히 하라고 핀잔을 놓았습니다. 내가 여섯 살 때, 화가라는 멋진 직업을 포기한 것은 이런 일이 있었기 때문입니다. 나는 제1호 그림과 제2호 그림의 실패로 기가 죽어 버렸습니다. 어른들은 언제나 스스로는 이와 같은 것들을 결코 이해하지 못합니다. 그래서 뭐든 하나하나 일일이 설명해 주어야 하므로, 어린이들로서는 여간 성가시고 피곤한 일이 아닙니다.

하는 수 없이 나는 다른 직업을 골라야만 했으므로, 비행기 조종하는 법을 배웠습니다. 나는 세계 이곳저곳, 안 가 본 데가 없을 정도로 날아다녔습니다. 그때 내게 많은 도움을 준 것은 지리 공부였습니다. 나는 힐끗 보고도 한눈에 중국과 애리조나 땅을 구별할 수 있었습니다. 밤에 길을 잃어버렸을 때, 아주 큰 도움을 받았습니다.

지금까지 살아오는 동안, 나는 여러 가지 일을 하는 사람을 숱하게 만나 보았습니다. 오랫동안 어른들과 함께 살면서 아주 가까이에서 그들을 지켜볼 수 있었습니다. 그렇지만 여전히, 선뜻 이해하기 어려운 어른들에 대한 내 생각은 바뀌지 않았습니다.

어쩌다 좀 슬기로워 보이는 어른을 만나면, 나는 늘 지니고 다니는 그림 제1호로 시험해 보곤 했습니다. 정말 이해력이 넉넉한 사람인지 알고 싶어서였습니다. 하지만 어른들의 대답은 언제나 한결같았습니다.

"모자로군요!"

그러면 나는 보아 뱀이니 정글이니 별 같은 것에 대해서는 아예 입도 떼지 않았습니다. 대신 그 어른이 알아들을 수 있는 브리지 게임이나 골프 또는 정치나 넥타이 따위의 이야기만 했습니다. 어른들은 그제야 말이 통하는 참 좋은 사람을 알게 되었다면서 굉장히 좋아했습니다.

두 번째 이야기 • 사막에서 만난 사내아이

이런 까닭에 나는 6년 전 비행기 고장으로 사하라사막에 떨어지기 전까지는 마음을 터놓고 이야기를 나눌 만한 친구도 한 명 없이 늘 혼자서 지냈습니다. 비행기 모터에서 무엇인가가 부서져 버렸기 때문에 사고가 난 것입니다. 정비사도 승객도 없었으므로 나는 혼자 힘으로 무척 어려운 수리에 매달릴 수밖에 없었습니다. 그것은 나에게 있어서 죽느냐 사느냐 하는 문제였습니다. 마실 물도 고작 일주일 치밖에 남아 있지 않았습니다.

첫날 밤, 나는 사람들이 사는 땅에서 수천 마일이나 떨어진 사막 위에서 잠이 들었습니다. 끝없이 넓은 바다 한가운데에서 뗏목을 타고 표류하는 사람보다 더 외로운 처지였습니다. 그런데 갓밝이날이 막 밝을 무렵에 조그맣고 야릇한 목소리로 말미암아 잠에서 깬 내가 얼마나 놀랐을지 여러분은 상상하고도 남을 것입니다.

그 목소리는 이랬습니다.

"저기…, 양 한 마리만 그려 줘!"

"뭐라고?"

"양 한 마리만 그려 달라고…."

나는 벼락이라도 맞은 것처럼 놀라 벌떡 일어났습니다. 그러고는 몇 번이나 눈을 비비며 사방을 돌아보았습니다. 그랬더니 정말 이상하게 생긴 작은 사내아이가 나를 뚫어지게 쳐다보고 있었습니다. 여기 보여 주는 그림은, 훗날 내가 그린 그 사내아이의 초상화 가운데 가장 마음에 드는 것입니다. 그렇지만 이 그림은 빛이 날 만큼 사랑스럽던, 그때 그 아이와 견주면 훨씬 못하답니다. 하지만 그것은 내 잘못이 아닙니다. 여섯 살 때, 화가가 되고 싶었던 내 꿈을 어른들이 꺾어 버린 탓입니다. 실제로 나는, 배 속이 보이지 않는 보아 뱀과 배 속이 보이는 보아 뱀 이후로는 단 한 번도 그림 공부를 해 본 적이 없으니까 말입니다.

어쨌든 나는 갑자기 나타난 그 사내아이를, 눈을 땡그랗게 뜬 채 바라보았습니다. 여러분은 그 당시 내가, 사람이 사는 고장으로부터 수천 마일이나 떨어진 곳에 있었다는 사실을 생각해 보기 바랍니다. 그런데도 그 사내아이는 길을 잃은 것 같지도, 기진맥진해 보이지도 않았습니다. 아무리 봐도 배가 고프거나, 목이 마르거나, 무서워서 벌벌 떠는 기색이 전혀 없었습니다. 적어도, 사람이 사는 고장으로부터 수천 마일이나 떨어진 사막 한가운데에서 길을 잃고 헤매는 듯한 모습은 찾지 못했

여기 보여 주는 그림은, 훗날 내가 그린 그 사내아이의
초상화 가운데 가장 마음에 드는 것입니다.

니다. 얼마 후 놀란 마음을 가라앉힌 나는 겨우 입을 열어 물었습니다.

"그런데…, 넌 여기서 뭘 하고 있니?"

사내아이는 정말 중요한 일이라는 듯, 처음에 했던 말을 아주 천천히 되풀이했습니다.

"부탁이야…, 내게 양 한 마리만 그려 줘…."

야릇한 것은, 무척이나 신비스러운 일과 마주치면 사람은 누구나 차마 거절하지 못하는 법입니다. 사람이 사는 곳으로부터 수천 마일이나 떨어진 곳에서, 언제 죽을지도 모르는 상황이라 참말 터무니없다고 생각하면서도 나는 주머니에서 종이 한 장과 만년필을 꺼냈습니다. 그러나 그때 문득 내가 배운 것은 지리·역사·수학·문법뿐이라는 생각이 떠올라 좀 언짢은 기분으로 그림을 그릴 줄 모른다고 쌀쌀맞게 말했습니다.

그래도 사내아이는 다시,

"괜찮아, 양 한 마리만 그려 줘."

하고 말했습니다.

나는 양을 한 번도 그려 본 적이 없었으므로, 내가 그릴 줄 아는 오직 두 가지 그림 중 하나를 그려 주었습니다. 그것은 배 속이 보이지 않는 보아 뱀이었어요. 그림을 본 사내아이의 대꾸에 나는 화들짝 놀랐습니다.

"아니야, 아냐! 나는 보아 뱀 배 속에 들어 있는 코끼리 그림은 싫어. 보아 뱀은 아주 위험하고 코끼리는 정말

거추장스러워. 내가 사는 곳은 무척 작거든. 나는 양이 필요해. 양 한 마리만 그려 줘."

나는 하는 수 없이 양을 그렸습니다.

사내아이는 그림을 물끄러미 들여다보더니 이렇게 말했습니다.

"아냐, 이 양은 벌써 병이 들었어! 다시 그려 줘."

그래서 나는 또 한 장을 더 그려 주었습니다.

사내아이는 살가운 얼굴로 웃으면서 말했습니다.

"잘 봐…. 이건 암양이 아니고 숫양이야. 뿔이 있잖아…."

그래서 나는 또다시 그림을 그렸습니다.

하지만 그것도 앞서 그린 것과 마찬가지로 퇴짜를 맞았습니다.

"이 양은 너무 늙었어. 나는 오래 사는 양을 갖고 싶단 말이야."

나는 비행기 모터를 서둘러서 분해해야 했으므로 더는 참지 못하고 아무렇게나 끄적거린 그림을 사내아이에게 건네며 무뚝뚝하게 한마디 던졌습니다.

"이건 상자야. 네가 갖고 싶어하는 양이 그 안에 있어."

"그래, 이게 바로 내가 갖고 싶었던 양이야! 근데 이 양에게 풀을 많이 줘야 해?"

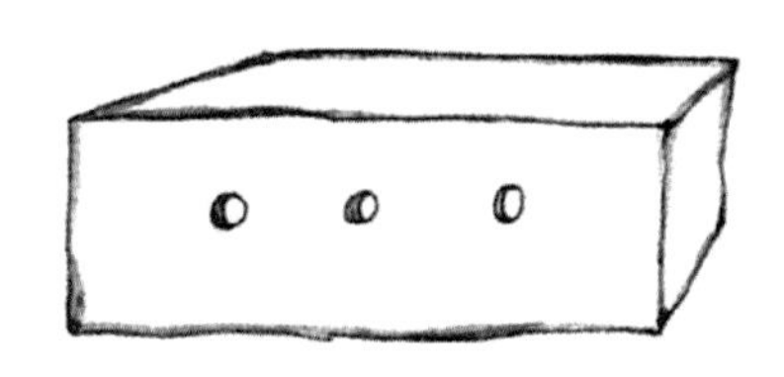

"왜?"

"내가 사는 곳은 아주 작거든…."

"거기 있는 풀만으로도 아마 충분할 거야. 아주 작은 새끼양이니까 말이야."

사내아이는 고개를 숙여 그림 속 상자를 들여다보았습니다.

"그렇게 작지도 않은데 뭐…. 어라! 잠이 들었네…."

이렇게 해서 나는 어린 왕자를 알게 되었습니다.

세 번째 이야기 • 별에서 온 어린 왕자

어린 왕자가 어디에서 왔는지를 알기까지는 꽤 오랜 시간이 걸렸습니다. 이것저것 참 많이 물어보면서도, 정작 내가 묻는 말은 귀담아듣지 않는 듯했습니다. 어린 왕자에 대해 곰비임비거듭 쌓이거나 일이 계속 일어남 알게 된 것은, 그가 별 생각 없이 한 말들을 통해서였습니다. 이를테면 내 비행기를 처음 보았을 때, 비행기는 그리지 않겠습니다. 내가 그리기에는 너무나 복잡하니까요. 어린 왕자가 이렇게 물었습니다.

"이 물건은 뭐야?"

"이건 물건이 아니야.
하늘을 날아다니는 비행기야.
내 비행기."

나는 우쭐거리며, 내가 날아다닐 수 있다는 사실을 슬쩍 일러 주었습니다. 그랬더니만 어린 왕자가 이렇게

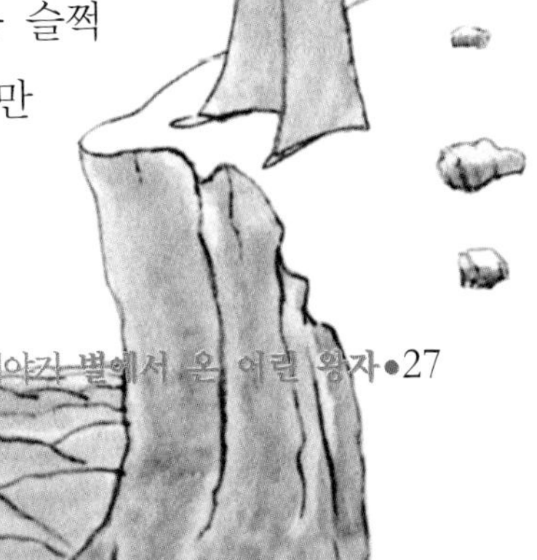

소리쳤습니다.

"뭐! 아저씨가 하늘에서 떨어졌단 말이야?"

"그래."

나는 그리 대수롭지 않다는 듯이 대답했습니다.

"와, 그거참 재미있네…!"

그러면서 어린 왕자가 깔깔거리며 웃어 대는 바람에, 꽤 언짢아졌습니다. 어린 왕자가 내 불행한 처지를 진지하게 받아들이지 않는 듯해서였습니다. 그런 나를 아랑곳하지 않은 채, 어린 왕자가 말을 이었습니다.

"그러니까 아저씨도 하늘에서 내려왔구나! 근데 어느 별에서 왔어?"

순간 나는 수수께끼 같은 그 아이의 정체를 알아내는 데 한 줄기 빛이 비치는 듯싶어 불쑥 물었습니다.

"그럼 너는 어느 별에서 왔니?"

"……."

하지만 어린 왕자는 아무런 대답도 하지 않았습니다. 다만 내 비행기를 들여다보면서 아주 천천히 고개를 끄덕였을 뿐입니다.

"그래, 저걸 타고 왔다면 그렇게 멀리서 온 건 아니겠군…."

그러고는 한동안 꿈을 꾸는 듯이 생각에 잠겨 있더니, 내가 그려 준 양을 주머니에서 꺼내어 무슨 보물이나 되는 것처럼 골똘히 들여다보았습니다.

어린 왕자가 슬쩍 내비친 '다른 별'에 대한 호기심으로 내 몸이 얼마나 달아올랐을지 여러분도 충분히 짐작할 수 있을 것입니다. 그래서 나는 좀 더 자세히 알아보려고 애를 썼습니다.

"얘야, 너는 어디서 왔니? '내가 사는 곳'이라고 말한 데가 어디야? 내가 그려 준 양을 어디로 데려가려고 그러니?"

아무 말 없이 생각에 잠겨 있던 어린 왕자가 이렇게 대답했습니다.

"아저씨가 준 상자가 밤이면 양의 집이 될 테니까, 참 다행이야."

"그렇고말고. 네가 얌전하게 있으면 낮에 양을 매어 놓을 고삐와 말뚝도 줄게."

그런데 나의 이런 제안이 어린 왕자를 몹시 놀라게 한 모양이었습니다.

"양을 매어 둔다고? 별 이상한 생각을 다 하네!"

"하지만 매어 놓지 않으면 아무 데로나 가 버릴 거 아니니. 그러다 길을 잃어버릴지도 몰라…."

그러자 어린 왕자는 또다시 웃음을 터뜨렸습니다.

"아니, 가긴 어디로 간다는 거야!"

"어디루든, 곧장 앞으로…."

그랬더니 어린 왕자가 진지한 얼굴로 말했습니다.

"괜찮아. 내가 사는 곳은 모든 게 워낙 작으니까!"

소행성 B-612호에 서 있는 어린 왕자

뒤이어 어린 왕자가 꽤나 구슬픈 목소리로 이렇게 덧붙였습니다.

"앞으로 곧장 간대도, 그다지 멀리 갈 수는 없을 테니까 말이야…."

이렇게 해서 나는 아주 중요한, 두 번째 사실을 알 수 있었습니다. 그것은 어린 왕자가 사는 별이, 겨우 집 한 채보다 클까 말까 할 정도라는 것이었습니다!

하지만 그것은 내게 그리 놀라운 일이 아니었습니다. 우주에는 지구·목성·화성·금성처럼 사람들이 이름을 붙인 큰 행성들 말고도, 아주 작아서 천체 망원경으로도 보기 힘들 정도의 행성이 수백 개가 넘는다는 사실을 나는 잘 알고 있었던 까닭입니다.

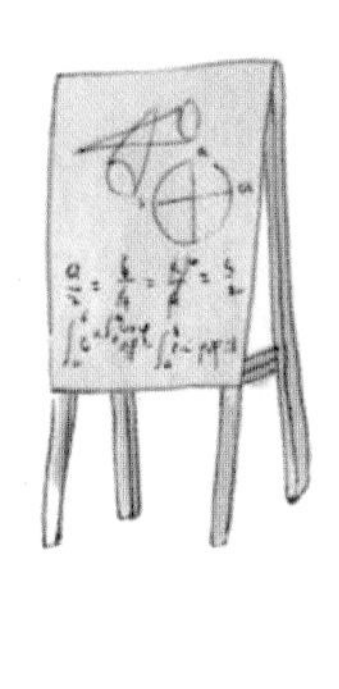

천문학자가 그런 별 가운데 하나를 발견하면 이름 대신 번호를 매깁니다. 이를테면 '소행성 제325호'처럼 말입니다.

나에게는 어린 왕자가 떠나온 별이 '소행성 B-612호'라고 믿을 수 있는 충분한 근거가 있습니다. 이 소행성은 1909년에 딱 한 차례, 튀르기예터키의 한 천문학자가 망원경으로 본 적이 있습니다.

그는 국제천문학총회에서 자신의 발견에 대해 당당하게 증명해 보였습니다. 그러나 튀르기예터키 민속 의상을 입었기 때문에 아무도 그를 믿으려 하지 않았습니다. 어른들은 언제나 이런 식입니다.

다행스럽게도 소행성 B-612호를 세상에 알리는 계기가 마련되었습니다. 튀르기예터키의 한 독재자가 국민 모두에게 강제로 유럽식 의상을 입게끔 명령하고, 이에 따르지 않으면 사형을 집행하겠다고 한 것입니다.

튀르기예터키의 그 천문학자는 1920년에 퍽 인상

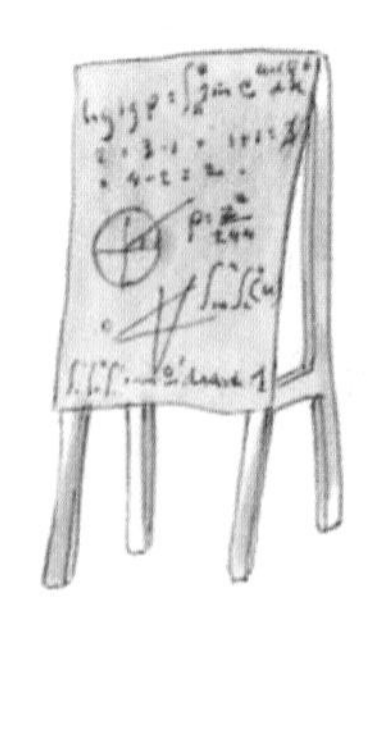

적이고 우아한 의상을 입고, 다시 증명해 보였습니다. 그러자 이번에는 모두가 그의 주장을 믿어 주었습니다.

내가 소행성 B-612호에 대해 이처럼 자세하게 설명하고 그 번호까지 일러 준 것은 순전히 어른들 때문입니다. 어른들은 숫자를 좋아합니다. 새로 친구를 사귀었다고 이야기하더라도, 어른들은 가장 중요한 것에 대해서는 절대로 물어보지 않습니다.

"그 친구 목소리는 어떻니? 그 아이는 어떤 놀이를 좋아하니? 나비를 수집하기도 하니?"

같은 것은 절대로 물어보는 법이 없습니다. 그 대신,

"그 친구 나이는 몇 살이니? 형제는 몇이래? 몸무게는 얼마나 나간대? 그 아이 아버지의 수입은 어느 정도래?"

따위만을 물어봅니다.

이런 질문에 대한 답을 듣고서야 비로소 어른들은 그 친구를 잘 알게 되었다고 믿는 것입니다. 만약,

"정말 멋들어진 장밋빛 벽돌집을 보았어요. 창가에는

제라늄 화분이 놓였고 지붕에는 비둘기가 앉아 있었어요."

라고 말해도, 어른들은 그 집이 어떻게 생겼는지 상상하지 못합니다. 어른들에게는,

"오늘, 십만 프랑짜리 집을 보았어요."

라고 말해야 합니다. 그제야 어른들은,

"야, 정말 멋지고 근사한 집을 보았구나!"

소리치며 감탄합니다.

"어린 왕자는 참말 매력 있고, 잘 웃었으며, 또 양 한 마리를 가지고 싶어했어요. 그게 바로 어린 왕자가 이 세상에 있었다는 증거입니다. 누군가 양을 가지고 싶어했다면, 그건 그 사람이 실제로 이 세상에 있었다는 증거잖아요."

이처럼 말해도, 어른들은 어깨를 들먹이면서 여러분을 어린아이 취급할 것입니다. 그렇지만,

"어린 왕자가 떠나온 별은 소행성 B-612호랍니다."

라고 말하면 어른들은 그제야 수긍하고, 더 이상 쓸데없는 질문으로 여러분을 성가시게 하지 않을 것입니다.

어른들은 대개 다 이러합니다. 그렇다고 어른들을 나쁘게만 생각해서는 안 됩니다. 어린이들은 그런 어른들을 아주 너그럽게 이해해 주어야 합니다.

하지만 삶의 의미를 깨우치고자 하는 우리에게 숫자 따위야 중요하지 않습니다! 나는 이 이야기를 동화처럼

시작하고 싶었습니다. 이렇게 말입니다.

"옛날 옛적에 자신보다 좀 클까 말까 한 행성에 어린 왕자가 살고 있었습니다. 그 왕자는 친구를 사귀고 싶어 했습니다…."

산다는 게 무엇인지 알고 싶은 사람이라면 이런 방식으로 시작하는 이야기에서 훨씬 더 참다운 인상을 받으리라 생각합니다.

하지만 나는 사람들이 이 책을 수박 겉핥듯이 읽지 않기를 간절히 바라는 마음에서 그처럼 쓰지 않았습니다. 어린 왕자와의 지난 추억을 이야기하자니 새삼스럽게 깊은 슬픔이 솟아오릅니다. 내 친구 어린 왕자가, 그려 준 양을 데리고 떠나 버린 지 벌써 여섯 해가 지났습니다. 내가 지금 여기, 어린 왕자에 대해 묘사하는 것은 그 친구를 잊지 않기 위해서입니다. 친구를 잊는 것은 참 슬픈 일입니다. 누구에게나 다 친구가 있는 건 아닙니다. 만약 내가 친구인 어린 왕자를 잊는다면, 나 역시 숫자만 아는 어른들과 똑같은 사람이 될지도 모릅니다. 내가 그림물감 한 상자와 연필을 산 것은 그래서입니다. 여섯 살 때, 속이 보이는 보아 뱀과 속이 안 보이는 보아 뱀을 그린 뒤로 단 한 차례도 다른 걸 그린 적이 없는 내가 이 나이에 다시 그림을 그린다는 건 무척이나 어렵고 힘겨운 일입니다. 물론 나는 되도록 어린 왕자와 가장 닮은 초상화를 그리기 위해 애를

쓸 것입니다. 하지만 잘 그릴 거란 자신이 있는 건 아닙니다. 어떤 그림은 그럭저럭 괜찮은데 또 다른 그림은 전혀 닮지 않기도 합니다. 어린 왕자의 키도 그릴 때마다 조금씩 다릅니다. 이쪽 어린 왕자는 좀 더 크고 저쪽은 약간 작기도 합니다. 입고 있던 옷 색깔도 지금은 헷갈려서 자신이 없습니다. 그렇지만 나는 이렇게 저렇게 더듬더듬 그때 기억을 최대한 되살려 그려 봅니다. 그러다가 어쩌면 아주 중요한 어떤 부분을 실제와 다르게 그릴지도 모릅니다. 하지만 그런 것은 너그럽게 용서해 주기 바랍니다. 어린 왕자는 자신에 대해 시시콜콜 설명해 준 적이 없었으니까 말입니다. 아마도 어린 왕자는, 내가 자신과 닮았다고 생각했는지도 모르겠습니다. 그러나 안타깝게도 나는 상자 속의 양을 꿰뚫어 볼 줄 모릅니다. 어쩌면 나도 여느 어른들을 닮아 가는 모양입니다. 이제는 나도 나이가 들었나 봅니다.

나는 어린 왕자가 살던 별에 대해, 그리고 별을 떠나게 된 까닭에 관해 날마다 조금씩 더 알 수 있었습니다. 어린 왕자가 어떤 생각에 곰곰이 잠겨 있다가 무심코 입 밖에 내는 말들을 통해 시나브로모르는 사이에 조금씩 조금씩 깨우친 것입니다. 어린 왕자를 만난 지 사흘째 날에, 내가 들은 바오바브나무열대 아프리카에서 자라는 낙엽 교목으로 높이 20m, 가슴높이둘레 10m, 퍼진 가지 길이 10m 정도, 원줄기는 술통처럼 생겼는데 세계에서도 큰 나무 중의 하나입니다. 5000년이나 사는 것도 있는데, '죽은쥐나무'라고도 부릅니다로 말미암은 비극 역시 그렇게 해서 알았습니다.

이번에도 역시 양 덕분이었습니다. 하루는 어린 왕자가 걱정스러워 견딜 수 없다는 얼굴로 다가와 불쑥, 이렇게 물었습니다.

"양이 키 작은 나무들을 먹는다는 게 진짜야?"

"그럼, 진짜지!"

"야, 그럼 잘됐다!"

양이 키 작은 나무를 먹는다는 게 왜 그렇게 중요한 것인지 나로서는 이해할 수 없었습니다. 그런데 어린 왕자가 이렇게 덧붙였습니다.

"그러면 바오바브나무도 먹을 수 있겠네?"

나는 어린 왕자에게 바오바브나무는 작은 나무가 아니라 교회만큼이나 커다란 까닭에, 코끼리 한 무리를 데려간다 해도 바오바브나무 한 그루를 다 먹어 치우지 못할 것이라고 일러 주었습니다.

코끼리 한 무리라는 말에, 어린 왕자가 웃으며 말했습니다.

"내가 사는 별은 아주 작아서, 아무래도 그놈들을 포개 놓아야겠네!"

그런데 총명하게도 어린 왕자는 이런 말을 덧붙였습니다.

"바오바브나무도 커다랗게 자라기 전에는 작은 나무잖아."

"그야 그렇지. 그런데 너는 양이 왜 작은 바오바브나무를 먹었으면 하는 거니?"

"아이, 참!"

그러면서 어린 왕자는, 당연한 것을 왜 묻느냐는 얼굴을 해 보였습니다. 그래서 나는 혼자 그 수수께끼를 푸느라고 한참 동안 머리를 짜내야만 했습니다.

사실 여느 별과 마찬가지로, 어린 왕자의 별에도 좋은

풀과 해로운 풀이 있었습니다. 따라서 좋은 풀의 좋은 씨앗과 해로운 풀의 해로운 씨앗도 함께 있을 수밖에 없지요. 그러나 씨앗들은 눈에 띄지 않습니다. 싹이 난다는 것은, 땅속 은밀한 곳에 숨어서 잠들어 있던 씨앗 중 하나가 문득 깨어나는 것입니다. 그 씨앗은 먼저 기지개를 켠 다음, 아무런 해도 끼치지 않는 예쁘고 조그마한 싹을 태양을 향하여 조심조심 내밉니다. 만일 그것이 무나 장미 싹이라면 마음대로 자라게 두어도 괜찮습니다. 하지만 그것이 해로운 풀이라면 눈에 띄자마자 뽑아 버려야 합니다. 그런데 어린 왕자의 별에는 소름 끼치도록 무서운 씨앗이 있었습니다…. 그것은 바로 바오바브나무 씨앗입니다. 그 별의 땅에는 온통 바오바브나무 씨앗투성이였습니다. 그런데 바오바브나무는 너무 늦게 손을 쓰면 영영 걷잡을 수 없이 되고 맙니다. 바오바브나무가 뿌리로 구멍을 뚫어 별을 온통 엉망으로 만들어 버리기 때문입니다. 별이 아주 작은데, 수많은 바오바브나무가 자라나면 별은 끝내 산산조각이 나 버리겠지요….

"그건 규율의 문제야."

훗날 어린 왕자는 이렇게 말했습니다.

"아침에 일어나 몸치장을 한 다음, 내가 사는 별 또한 정성껏 살피면서 단장해 줘야 돼. 바오바브나무를 발견했다면 그 즉시 뽑아 버려야 하지. 아주 어릴 때의 바오바

브나무는 장미와 무척 비슷해. 둘을 잘 구분해서 뽑는 것은 무척 신경이 쓰이고 성가시지만, 생각보다는 간단하고 쉬운 일이야."

하루는 어린 왕자가 나에게, 지구 별에 사는 어린이들이 반드시 기억할 수 있도록 바오바브나무 그림을 한 장 그려 보라고 했습니다.

"어린이들이 언젠가 여행을 떠나면 그 그림을 보고 도움받을 수 있을 테니까 말이야. 가끔은 할 일을 뒤로 미뤄도 별 탈이 없을 수 있어. 그러나 바오바브나무 뽑는 일을 그런 식으로 미루다가는 끔찍한 재앙을 당하게 돼. 내가 아는 어떤 별에 게으름뱅이가 살았는데,

글쎄 바오바브나무 세 그루가 아직 어리다며 가만히 내버려 두었다가 그만….”

그래서 나는 어린 왕자가 일러 주는 대로 그 게으름뱅이가 사는 별을 그렸습니다.

나는 성인군자처럼 썩 점잖고 엄숙한 말투로 참견하는 것을 좋아하지 않습니다. 하지만 바오바브나무가 그처럼 위험하다는 사실이 거의 알려지지 않았고, 또 소행성을 여행하다가 길 잃은 사람이 겪게 될 위험이 대단히 크기 때문에 이번만큼은 눈 딱 감고 분명하게 말하겠습니다.

“어린이 여러분! 부디 바오바브나무를 조심하십시오!”

내가 이 그림을 공들여 그린 것은, 오래전부터 나와 마찬가지로 멋모르고 지나쳤던 위험에 대한 경각심을 친구 여러분에게 불러일으키기 위해서입니다. 이 그림을 통해 건네려는 교훈은 참말 소중한 것이므로, 내가 바오바브나무를 그리는 데 들인 노력은 충분히 가치 있는 일이라 생각합니다. 어쩌면 여러분은 이렇게 물어보고 싶을 거예요.

“근데 이 책에는 왜 바오바브나무처럼 웅장하고 인상적인 그림이 또 없나요?”

그에 따른 답은 퍽 간단합니다. 다른 그림들 역시 나름대로 정성껏 그렸지만 마음먹은 만큼 이루어지지

바오바브나무

않았습니다. 바오바브나무를 그릴 때는, 그 위험에 대해 아주 올바르게 빨리 알려 줘야 한다는 마음이 절박했던 까닭에 능력 이상의 결과가 나온 모양입니다.

여섯 번째 이야기 • 해넘이 풍경

아! 어린 왕자, 나는 이렇게 해서 그 아이의 조촐하고도 애틋한 생활에 대해 곰비임비 알게 되었습니다. 어린 왕자에게는 오랫동안, 해넘이 풍경을 바라보는 고요하고 감미로운 기쁨 말고는 없었습니다. 나는 이 새로운 사실을 나흘째 아침에야 알았습니다. 어린 왕자가 이렇게 말해서였습니다.

"나는 해넘이해가 막 넘어가는 때 풍경 바라보는 게 좋아. 우리, 해넘이…."

"하지만 기다려야 해…."

"뭘 기다려?"

"해가 지기를 기다려야지."

어린 왕자는 처음에 몹시 놀라는 기색이었으나, 스스로 각해도 우스웠던지 계면쩍은 웃음을 터뜨렸습니다. 그러고는 이렇게 말했습니다.

"아참, 지금 이곳이 내 별이라고 생각했지 뭐야!"

얼마든지 그럴 수 있습니다. 누구나 알다시피 미국이

낮 12시일 때 프랑스에서는
해가 집니다. 만약 미국에서 프랑스까지
1분 안에 날아갈 수 있다면, 해넘이를
볼 수 있습니다. 그런데 안타깝게도
프랑스는 너무 멀리 떨어져 있습니다.
하지만 어린 왕자가 살던 작은 별에서는
의자를 몇 발짝만 뒤로 물려 놓으면
됩니다. 그래서 원할 때면 언제든
해넘이를 볼 수 있었습니다.

"어떤 날, 나는 해넘이를 마흔네 번이나 본 적도 있어."

그러고 조금 있다가 그 아이는 이렇게 덧붙였습니다.

"아저씨도 알 거야…. 몹시 슬플 적에는 해넘이가 무척이나 보고 싶어진다는 걸…."

"어쩜, 마흔네 번이나 해넘이를 맞은 날, 그만큼 슬펐다는 거네?"

"……."

그렇지만 어린 왕자는 대답하지 않았습니다.

일곱 번째 이야기 • 어린 왕자의 비밀

닷새째 날, 이번에도 역시 양 덕분에 어린 왕자의 또 다른 비밀 한 가지를 더 알 수 있었습니다. 어린 왕자가 불쑥, 오랫동안 혼자 어떤 문제에 관해 곰곰이 생각하던 끝에 내린 결론인 양, 느닷없이 내게 물었습니다.

"양 말이야, 그 양이 작은 나무를 먹는다면 꽃도 먹겠지?"

"양은 무엇이든지 닥치는 대로 먹지."

"가시가 있는 꽃도?"

"물론이지. 가시가 있는 꽃도 먹고말고."

"그렇다면 가시는 꽃에게 어떤 쓸모가 있는 거야?"

나 역시도 그것에 대해서는 알지 못했습니다. 그때 나는, 아주 꽉 죄어진 모터의 나사못을 푸는 데 정신이 팔려 있었습니다. 게다가 비행기 고장이 생각보다 훨씬 더 심각하다는 느낌이 들었고 마실 물 또한 얼마 남지 않았기 때문에 최악의 상황이 떠올라서 이만저만 걱정이 아니었습니다.

"가시 말이야, 그건 어떤 쓸모가 있는 거냐구!"

어린 왕자는 한 번 던진 질문에 대한 답을 얻기 전에는 결코 포기하는 법이 없었습니다. 나는 나사못을 푸는 데 신경이 곤두서 있던 터라 아무렇게나 대답해 버렸습니다.

"가시는 아무짝에도 쓸모가 없는 거야. 꽃들이 공연히 심술을 부리는 거지."

"그래?"

잠시 말이 없던 어린 왕자가 원망스럽다는 듯이 쏘아붙였습니다.

"거짓말하지 마! 꽃들은 연약하고 또 순진해. 꽃들은 그들 나름의 방식에 따라 스스로를 지키려는 거야. 가시가 자신들을 지켜 주는 무기라고 믿는 거지…."

"……."

나는 아무런 대꾸도 하지 않았습니다. 그 순간 나는 이런 생각을 하고 있었습니다.

'이번에도 나사못이 꿈쩍 안 하면 망치로 두들겨서 튀어나오게 해야겠다.'

어린 왕자는 이런 내 생각에 훼방을 놓았습니다.

"그래, 아저씨는 정말로 그렇게 생각해? 꽃들이…."

"그만, 그따위는 아무래도 좋으니까 제발 그만 좀 해! 난 그냥 아무렇게나 대답했을 뿐이야. 보다시피, 나는 바빠. 아주 중요한 일을 하고 있단 말이야!"

어린 왕자는 깜짝 놀란 얼굴로 나를 바라보았습니다.

"중요한 일이라고?"

그러면서 어린 왕자는 기름 범벅인 시커먼 손에 망치를 든 채, 흉측하게 보일 물체 위로 몸을 숙이고 있는 나를 뚫어져라 쳐다보았습니다.

"아저씨도 지금, 다른 어른들하고 똑같이 말하네!"

그 말에 나는 조금 부끄러워졌습니다. 그러나 어린 왕자는 거침없이 몰아붙였습니다.

"아저씨는 지금 혼동하고 있어…. 모든 것을 뒤죽박죽 헝클어 놓고 있잖아!"

어린 왕자는 몹시 화가 나 있었습니다. 온통 황금빛인 어린 왕자의 머리카락이 바람에 흩날렸습니다.

"나는 얼굴이 검붉은 사업가 한 명이 사는 별을 알아. 그 사람은 꽃향기를 마셔 본 일이 한 번도 없고 별을 바라본 적도 없어. 누구를 사랑해 본 적도 없이, 오로지 계산만 하면서 살아왔지. 그러면서도 그 사업가는 하루 내내 아저씨처럼 '나는 중요한 일을 하는 사람이야! 나는 아주 중요한 일을 하는 사람이야!'만 되뇌며 거만하게 우쭐거리지. 하지만 그 사업가는 사람이 아니야. 기생 버섯『어린 왕자』를 집필하던 당시에는 '버섯'을 '나무에 빌붙어 영양분을 빨아 먹는 기생 식물인 곰팡이'로 생각한 까닭에 먹지 않았답니다.이지!"

"뭐라고?"

"빌붙어 사는 기생 버섯과 한가지라고!"

화가 잔뜩 난 어린 왕자의 얼굴은 하얗게 질려 있었습니다.

"꽃은 수백만 년 전부터 가시를 만들고 있어. 그런데 양들도 수백만 년 전부터 꽃을 먹어 왔지. 그런데도 왜, 꽃이 아무짝에도 쓸모없는 가시를 만들기 위해 그토록 애를 쓰는지 그 이유를 알아보는 게 중요한 일이 아니라고? 양들과 꽃들의 전쟁 따위는 중요하지 않다는 거지? 그러니까, 뚱뚱하고 검붉은 얼굴의 그 사업가가 맨날 쉴 새 없이 매달리는 계산보다 더 급하고 중요한 일이 아니라는 거지? 게다가 내 별 말고는 세상 어디에도 없는, 오직 한 송이만 있는 꽃을 내가 알고 있는데, 어느 날 아침에 어린 양 한 마리가 무심코 먹어 치울 수도 있어. 그런데도 그것이 중요하지 않다는 말이야?"

얼굴이 새빨개진 어린 왕자가 잇따라 쏘아붙였습니다.

"수백만 개 별 가운데 단 한 송이밖에 없는 꽃을 사랑한다면, 그 별들을 바라보는 것만으로도 충분히 행복해질 거야. '내 꽃이 저 별들 중 어딘가에 있겠지….' 생각하면서 말이야. 그런데 만약 양이 그 꽃을 먹어 버린다면, 그에게는 모든 별이 순식간에 사라져 버리는 것과 마찬가지 아니야? 그런데도 중요하지 않다고!"

어린 왕자는 더 이상 말을 잇지 못했습니다. 그러고는 별안간 흐느껴 울기 시작했습니다. 어느새 날이 어두워

져 있었습니다. 나는 쥐고 있던 연장을 손에서 놓아 버렸습니다. 망치도, 나사못도, 목마름도, 죽음도 모두 우습게 여겨졌습니다. 어떤 별 위에, 어느 떠돌이별 위에, 나의 별인 이 지구 위에 간절하게 위로해 주어야 할 어린 왕자가 있는 까닭이었습니다! 나는 어린 왕자를 껴안은 채, 부드럽게 몸을 흔들어 달래면서 이렇게 말했습니다.

"네가 사랑하는 꽃은 위험하지 않아. 내가 네 양에게 씌울 부리망곡식이나 풀을 뜯어 먹지 못하게 하려고 짐승 주둥이에 씌우는 물건을 그려 줄게. 또 네 꽃을 에워쌀 수 있는 울타리도 쳐 주고. 또…."

더 이상 무슨 말을 해야 할지 몰라 막막했습니다. 나 자신이 무척이나 서툴게 느껴졌습니다. 어떻게 어린 왕자의 마음을 어루만져 주고, 어찌해야 마음을 돌이켜 다시 한마음이 될 수 있을지 갈피를 잡을 수 없었습니다.

…'눈물의 나라'는 참으로 신비스러운 세상입니다!

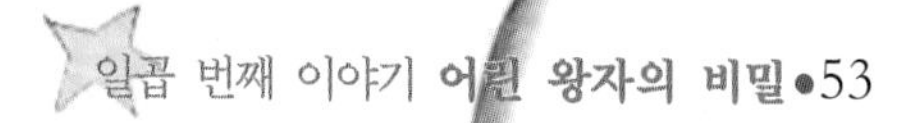

여덟 번째 이야기 • 어린 왕자의 장미

얼마 지나지 않아, 나는 그 꽃에 대해 더 잘 알 수 있었습니다. 어린 왕자의 별에는 전부터 꽃잎이 한 겹만 있는, 아주 수수한 꽃들이 있었습니다. 자리도 거의 차지하지 않았고, 또 성가시게 구는 일도 없었습니다. 그 꽃들은 어느 날 아침, 풀 속에서 나타났다가 저녁이면 져 버렸습니다. 그런데 어느 날, 그 꽃은 어디에서 날아왔는지 모를 씨앗에서 싹이 났습니다. 어린 왕자는 다른 것들과 전혀 닮지 않은 그 싹을 주의 깊게 지켜보았습니다. 새로운 종류의 바오바브나무일지도 모른다고 생각했기 때문입니다. 하지만 싹은 더 이상 자라지 않고, 꽃 피울 채비를 시작했습니다. 커다란 꽃망울이 자리 잡는 것을 지켜본 어린 왕자는 거기에서 어떤 기적 같은 일이 벌어지리라는 예감이 들었습니다. 그러나 그 꽃은 녹색 방에 숨어, 아름다운 모습을 드러내기 위해 몸단장을 그치지 않았습니다. 꽃은 자신의 빛깔을 정성껏 골랐습니다. 천천히 옷을 차려입고는 꽃잎을 하나하나 다듬었습니다. 그 꽃은 개양귀비처럼 꾸깃꾸

깃한 모습으로 나오고 싶지 않았습니다. 자신의 아름다움이 가장 빛날 때를 기다렸다가 비로소 피어나고 싶었습니다. 아, 그래요! 실로 맵시가 이만저만한 꽃이 아니었습니다! 그 꽃은 신비로운 단장을 며칠이나 계속했습니다. 그러던 어느 날 아침, 해가 떠오르는 바로 그 시각에 마침내 모습을 드러냈습니다.

그처럼 빈틈없이 몸단장했으면서도, 꽃은 하품을 하며 이렇게 말했습니다.

"아아! 이제야 겨우 잠이 깼네요…미안합니다…제 머리가 온통 헝클어져 있군요…."

어린 왕자는 감탄을 억누를 수 없었습니다.

"우와, 정말 아름답군요!"

"그렇지요? 나는 해님과 똑같은 시각에 태어났답니다…."

꽃이 향기로운 목소리로 대답했습니다.

어린 왕자는 이 꽃이 그리 겸손하지 않다는 것을 알아차렸습니다.

하지만 무척 아름다운 꽃은, 어린 왕자의 가슴을 설레게 했습니다.

잠시 후 그 꽃이 말을 이었습니다.

"지금 아침 식사 시간 아닌가요? 제 생각을 좀 해 주실 거지요?"

뜻밖의 요구에 어리둥절해하던 어린 왕자는, 물뿌리개 가득 맑은 물을 길어다 꽃에게 대접했습니다.

이처럼 그 꽃은 꾀까다로운 허영심으로 어린 왕자를 괴롭혔습니다. 이를테면, 꽃은 어느 날 자신이 가진 네 개의 가시에 관해 이야기하며 이렇게 말했습니다.

"호랑이들이 발톱을 세우고 온대도 문제없어요!"

"내 별에는 호랑이가 없어요. 그리고 호랑이는 풀을

먹지 않아요!"

어린 왕자가 그렇게 대꾸했습니다.

"나는 풀이 아니라구요."

꽃이 퉁명스럽게 말을 받았습니다.

"아, 미안해요…."

"나는 호랑이 따위는 조금도 겁나지 않아요. 하지만 바람을 맞는 건 정말 질색이에요. 혹시 바람막이 없으세요?"

'바람은 질색이라니…, 썩 운이 없는 식물이로구나. 어쨌든 되게 까다롭게 구는군….'

어린 왕자는 속으로 그렇게 생각했습니다.

"저녁에는 유리 덮개를 씌워 주세요. 이곳은 시설도 좋지 않고, 매우 춥군요. 내가 살던 곳은…."

그러다가 꽃이 갑자기 입을 다물었습니다. 그 꽃은

씨앗 상태로 왔으므로, 다른 세상에 관해서는 아무것도 알 수가 없었던 까닭입니다. 빤한 거짓말을 하려다가 들킨 것이 부끄러워, 꽃은 자기 잘못을 어린 왕자에게 뒤집어씌우려고 두세 차례 헛기침을 했습니다.

"바람막이는요?"

"찾으러 가려는데, 당신이 계속 말을 했잖아요!"

그런데도 꽃은 어린 왕자가 미안해하도록 억지로 기침을 토해 냈습니다.

어린 왕자는 마음에서 우러나오는 사랑을 베풀면서도, 얼마 지나지 않아 꽃을 의심하지 않을 수 없었습니다. 허투루 지껄이는 꽃의 말까지도 무척 진지하게 받아들임으로써 어린 왕자는 적이 불행해졌습니다.

어느 날, 어린 왕자는 내게 속마음을 털어놓았습니다.

"꽃이 하는 말에 귀 기울이지 말 걸 그랬어. 꽃이 함부로 주절거리는 말 따위 마음에 담아 두지 않았어야 해. 그저 바라보고 향기만 맡아야 했어. 그 꽃이 내 별에 향기를 뿜어 주는데도 난 그걸 즐길 줄 몰랐어. 그 꽃이 발톱 이야기를 할 때는 짜증스러웠지만, 사실은 가엾게 여겼어야 해…."

어린 왕자는 또 이런 말도 했습니다.

"그때 나는 아무것도 이해할 줄 몰랐어! 그 꽃이 하는 말이 아니라 행동을 보고 판단했어야 하는데 말이야. 그 꽃은 내게 향기를 뿜어 주었을 뿐 아니라, 마음도 환하게 밝혀 줬어. 절대 도망치지는 말았어야 했어! 그 가련한 심술 뒤에 숨은 부드러움을 눈치챘어야 해. 꽃들은 앞뒤가 어긋나는 말을 아주 잘하니까! 하지만 나는 너무 어려서 그 꽃을 사랑할 줄 몰랐던 거야."

아홉 번째 이야기 • 어린 왕자, 별을 떠나다

나는 어린 왕자가, 이동하는 철새들의 도움을 받아 자신의 별을 떠나왔으리라고 생각합니다. 떠나던 날 아침, 어린 왕자는 자신의 별을 깨끗하게 갈무리해 놓았습니다. 불을 뿜는 화산 분화구를 조심스럽게 쑤시면서 청소해 두었습니다. 어린 왕자에게는 두 개의 활화산이 있었습니다. 그것은 아침밥을 지을 때 아주 편리했습니다. 불 꺼진 화산이 하나 더 있었는데, 어린 왕자의 말처럼 '언제 다시 폭발해 불을 뿜을지 알 수 없는 상태' 였습니다. 그래서 어린 왕자는, 휴화산도 정성 들여 청소해 놓았습니다. 청소만 잘해 주면 화산들은 폭발하지 않고 가만히, 그리고 규칙적으로 불을 뿜습니다. 화산 폭발은 마치 굴뚝의 불과도 같습니다. 그러나 지구 화산들을 청소하기에는 우리의 몸집이 너무 작습니다. 그래서 우리는 화산 폭발로 말미암아 수많은 재난을 겪는 것입니다.

어린 왕자는 좀 서글픈 마음으로, 바오바브나무의 마지막 싹들도 뽑아 주었습니다. 어린 왕자는 불현듯 자신이 다시 돌아오지 못할 거라는 생각이 들었습니다. 늘 해 왔던 이런 일들 모두가 그날 아침에는 유난히도 정답고 소중하게 여겨졌습니다. 그래선지 꽃에게 마지막으로 물을 주고 유리 덮개를 씌워 주는데, 금방이라도 울음이 터져 나올 듯했습니다.

"잘 있어!"

어린 왕자가 꽃에게 말했습니다.

"……."

그러나 꽃은 대답하지 않았습니다.

"잘 있어!"

어린 왕자가 되풀이해서 말했습니다.

꽃이 갑자기 기침을 했습니다. 그러나 감기에 걸린 것은 아니었습니다.

마침내 꽃이 입을 열었습니다.

"내가 어리석었어. 용서해 줘. 부디 행복하기를 빌게."

어린 왕자는 꽃이 투덜거리지 않는 데 놀랐습니다. 그래서 유리 덮개를 손에 든 채로 멍하니 서 있었습니다. 무슨 까닭으로 꽃이, 갑자기 조용하고 온순해졌는지 어린 왕자는 이해할 수 없었습니다.

"사실, 나는 너를 사랑해."

꽃이 어린 왕자에게 말했습니다.

"하지만 너는 전혀 눈치채지 못하더라. 내 잘못이지 뭐. 그건 아무래도 좋아. 그러나 너도 나만큼이나 어리석

어린 왕자는, 휴화산도 정성 들여 청소해 놓았습니다.

었어. 부디 행복하기를…. 유리 덮개는 그만 내버려 둬. 이제 내겐 필요 없으니까."

"하지만 바람이…."

"나는 감기에 잘 걸리지 않아…. 산뜻한 밤바람이 오히려 몸에 더 좋을 거야. 나는 꽃이니까."

"하지만 벌레들이…."

"나비와 친해지려면 두세 마리 벌레쯤은 견뎌 내야만 해. 나비는 정말 아름다워 보이더라. 나비 아니면 누가 나를 찾아오겠어? 너는 아주 멀리 가 있을 테지. 큰 짐승들이라도 나는 전혀 겁나지 않아. 내겐 발톱이 있으니까."

꽃은 천진난만하게도 자신이 가진 가시 네 개를 보여 주었습니다. 그러고 나서 이렇게 덧붙였습니다.

"그렇게 미적거리지 마. 짜증 나. 일단 떠나기로 마음먹었으니까 어서 가…."

꽃은, 자신이 우는 모습을 어린 왕자에게 보여 주고 싶지 않았습니다. 그처럼 자존심이 강한 꽃이었습니다….

열 번째 이야기 • 임금님의 별

어린 왕자의 별은 소행성 325호·326호·327호·328호·329호 그리고 330호와 가까운 곳에 자리하고 있습니다. 그래서 어린 왕자는 자신이 해야 할 일을 찾고, 견문도 넓히기 위해 이 별들을 하나씩 둘러보기로 했습니다.

첫 번째 별에는 임금님이 살고 있었습니다. 주홍빛 천과 흰 담비 털가죽으로 만든 옷을 입은 임금님은 무척 소박하면서도 위엄 있어 보이는 옥좌에 앉아 있었습니다.

"아! 신하가 한 사람 왔도다!"

어린 왕자를 보자, 임금님이 소리쳤습니다. 어린 왕자는 속으로, 이상하다고 생각했습니다.

'한 번도 본 적이 없는데 어떻게 나를 알아볼까?'

임금님들은 세상을 아주 단순하게 여긴다는 사실을, 어린 왕자는 미처 모르고 있었습니다. 임금님은 모든 사람을 다 자기 신하로 여깁니다.

"짐이 너를 좀 더 잘 볼 수 있도록 가까이 다가오라."

누군가의 임금님 노릇을 할 수 있어서 몹시도 자랑스럽다는 목소리였습니다.

어린 왕자는 앉을 자리를 찾아보았으나, 별 전체가 흰 담비 털가죽으로 만든 임금님의 망토로 덮여 있었습니다. 그래서 어린 왕자는 서 있을 수밖에 없었습니다. 그러자니 곧 피곤해져서 하품이 나왔습니다.

"짐 앞에서 하품하는 것은 예의에 어긋나느니라. 짐은 하품을 금하노라."

임금님의 말에 몹시 당황한 어린 왕자는 이렇게 대답했습니다.

"하품을 참을 수가 없었습니다. 오랫동안 여행하느라, 잠을 한숨도 못 자서 그러합니다…."

"그렇다면 짐은 네게 하품하도록 명하노라. 짐은 벌써 몇 년째 하품하는 사람을 본 적이 없노라. 하품하는 모습은 짐에게 신기한 구경거리로다. 자, 또 하품을 하라! 명령이니라."

"그렇게 말씀하시니까 겁이 나서… 더는 하품이 나오지 않습니다…."

어린 왕자가 얼굴을 붉히며 대답했습니다.

"흠! 흠! 그렇다면 짐이… 너에게 명하노니, 때로는 하품을 하고 또 때로는…."

그러면서 임금님은 뭐라고 중얼거렸는데, 언짢은 기색이었습니다.

왜냐하면 임금님은 자신의 권위가 무조건 존중되기를 바라고 있기 때문입니다. 임금님은 자신의 명령에 따르지 않는 것을 용납할 수 없었습니다. 그는 절대 군주였습니다. 그렇지만 임금님은 무척 착한 사람이었으므로 이치에 합당한 명령만을 내렸습니다.

임금님은 평소에 늘 이렇게 말하곤 했습니다.

"만약 짐이 어떤 장군에게 물새로 변하라고 명령했는데도 따르지 않았다면, 그것은 장군의 잘못이 아니니라. 그것은 이치에 맞지 않은 명령을 내린 짐의 잘못이니라."

"앉아도 되겠습니까?"

어린 왕자가 조심스럽게 물었습니다.

"짐은 네게 앉기를 명하노라."

임금님은 흰 담비 털가죽으로 된 자기의 망토 자락을 위엄 있게 끌어올리며 말했습니다.

'이렇게 작은 별에서, 임금님은 도대체 무엇을 다스리는 걸까?'

어린 왕자는 종잡을 수가 없었습니다.

"폐하…, 한 가지 여쭈어봐도 되겠습니까…?"

"짐은 네게 질문하기를 명하노라."

임금님이 서둘러 말했습니다.

"폐하…, 폐하께서는 무엇을 다스리십니까?"

"모든 것을 다스리노라."

임금님은 아주 짤막하게 대답했습니다.

"모든 걸요?"

그러자 임금님은 손가락으로, 자신의 별과 다른 행성 그리고 떠돌이별들을 골고루 가리켰습니다.

"이렇게 많은 별, 모두를요?"

"그렇다. 이 별들 모두를 다…."

그는 절대 군주일 뿐 아니라, 우주 전체를 다스리는 어마어마한 권능을 가진 임금님이었습니다.

"그러면 별들이 모두 폐하에게 복종합니까?"

"물론이지. 언제나, 곧바로 복종하느니라. 짐의 명령에 따르지 않으면 용서하지 아니하노라."

어린 왕자는 임금님의 어마어마한 권능에 놀라지 않을 수 없었습니다. 만일 자신도 그런 권세와 능력을 가졌다면, 의자를 몇 발짝 뒤로 물리지 않고도 하루에 마흔네 번만이 아니라 일흔두 번이나 백 번, 아니 이백 번까지도 해넘이 풍경을 볼 수 있었을 게 아닌가! 문득 자신이 떠나온 별이 생각나 조금 서글퍼진 어린 왕자는 용기를 내어 임금님에게 부탁을 드렸습니다.

"저는 해넘이를 보고 싶습니다…. 부디 제 소원을 들어주십시오. …지금 해가 지도록 명령을 내려 주십시오…."

"만약 짐이 장군에게 이 꽃에서 저 꽃으로 나비처럼 날아다니라거나 아주 슬픈 이야기를 한 편 쓰라고 하거나 바닷새로 변하라고 명령했는데도 따르지 않는다면,

장군과 짐 둘 중에 누구의 잘못일까?"

"그야, 폐하의 잘못이겠지요."

어린 왕자가 당돌하게 대답했습니다.

"옳도다. 누구에게든 해낼 수 있는 것을 요구해야 하느니라. 마찬가지로 권능 또한 올바른 이치에 바탕을 두고 펼쳐야 하느니라. 만약 백성에게 바다로 가서 몸을 던지라고 명령한다면, 그들은 반란을 일으킬 것이니라. 이치에 맞는 명령을 내리는 까닭에 짐에게는 복종을 요구할 권능이 있는 것이니라."

"그러면 제가 해넘이를 청한 것은요?"

한 번 던진 질문은 결코 잊어버리는 일이 없는 어린 왕자가 임금님을 일깨웠습니다.

"네가 부탁한 해넘이는 볼 수 있게 되리로다. 짐이 그것을 명령하겠노라. 그러나 짐이 다스리는 방식에 따라 여러 조건이 갖추어질 때까지 기다려야 하느니라."

"언제 그렇게 되는지요?"

어린 왕자가 다시 물었습니다.

"에헴, 에헴!"

임금님은 커다란 달력을 한동안 뒤적이더니 이렇게 대답했습니다.

"에헴, 에헴! 그것은 얼추…, 어림잡아… 오늘 저녁 일곱 시 사십 분쯤에 이루어지리로다! 그때 너는 짐의 명령을 얼마나 잘 이행하는지 볼 수 있을 것이로다."

어린 왕자는 하품을 했습니다. 당장 해넘이를 맞을 수 없어서 못내 아쉬웠습니다. 게다가 벌써 지루해지기 시작했습니다.

"여기서 제가 할 일은 더 이상 없는 듯합니다. 이만 가 보겠습니다."

"떠나지 말라."

신하 한 사람을 거느리게 되어 몹시도 자랑스럽게 생각하던 임금님이 말했습니다.

"떠나지 말아라. 짐은 너를 대신으로 삼겠노라."

"무슨 대신이요?"

"음…, 법무 대신으로 삼겠노라!"

"하지만 이곳에 재판해야 할 대상은 아무도 없습니다!"

"그건 모르겠노라. 짐은 아직 짐의 왕국을 돌아본 적이 없노라. 짐은 나이가 많이 들었는데, 마차를 세워 둘 자리도 마땅치 않고, 걸어서 다니자니 당최 피곤한 일이로다."

"아! 저는 이미 다 보았습니다."

허리를 숙여서 별 저편을 다시 한번 둘러본 어린 왕자가 말했습니다.

"저 건너편에도 역시 아무도 없습니다…."

"그러면 네 자신을 심판하라. 그건 가장 어려운 일이로다. 남을 심판하는 것보다 스스로를 심판하는 일이 훨씬 더 어려운 법이니라. 네가 네 자신을 공정하게 판결할 수 있다면, 참으로 어질고 총명한 사람이라 할 수 있느니라."

"저는 어디서든 스스로를 심판할 수 있습니다. 그러므로 구태여 여기서 살 필요는 없습니다."

"에헴, 에헴!"

임금님은 몇 차례 헛기침하고 나서 말을 이었습니다.

"짐의 별 어딘가에 늙은 쥐 한 마리가 살고 있음을 아노라. 밤마다 그놈이 찍찍거리는 소리가 들리노라. 그 늙은 쥐를 심판하도록 하라. 때때로 그 쥐에게 사형을 선고해도 되느니라. 그리하면 그 쥐의 생명은 네 심판에 달려 있게 될 것이로다. 하지만 사형 선고를 한 다음에는 곧바로 사면을 베풀어서 살려 놓아야 하느니라. 짐의 왕국에 단 한 마리밖에 없는 쥐인 까닭이니라."

"저는 사형 선고를 하고 싶지 않습니다. 이제 그만 떠나야겠습니다."

"아니되노라."

임금님이 말했습니다.

어린 왕자는 이미 떠날 준비를 끝냈지만, 늙은 임금님의 마음을 아프게 하고 싶지는 않았습니다.

"폐하의 명령이 어김없이 이루어지기를 원하신다면, 제게 이치에 합당한 명령을 내려 주시면 좋겠습니다. 이를테면 일 분 안에 이 왕국을 떠나라고 명령하시는 겁니다. 제 생각으로는 지금이 그 명령을 내리시기에 가장 적절한 때라고 봅니다….”

“…….”

임금님은 아무런 대답도 하지 않았습니다. 어린 왕자는 얼마쯤 머뭇거리다가, 한숨을 내쉬며 길을 떠났습니다.

그러자 임금님이 부리나케 소리쳤습니다.

“너를 짐의 대사로 임명하노라.”

임금님은 짐짓 위엄을 부렸습니다.

“어른들은 정말 이상해!”

다시 길을 떠나며, 어린 왕자는 그렇게 중얼거렸습니다.

열한 번째 이야기 • 허영꾼의 별

두 번째 별에는 허영꾼이 살고 있었습니다.

"아, 아! 나를 우러르며 공경하러 찾아오는군!"

어린 왕자를 보자마자, 허영꾼이 멀리서부터 큰 소리로 외쳤습니다.

허영꾼은 사람들이 모두 자신을 우러러보며 찬양하는 존재라고 생각합니다.

"안녕하세요, 아저씨는 참 이상한 모자를 쓰고 있네요."

어린 왕자가 말했습니다.

"이것은 답례하기 위해서란다."

허영꾼이 대답했습니다.

"사람들이 나를 보며 환호할 때 답례 인사를 하기 위해서지. 그런데 불행하게도 이곳으로 지나가는 사람이 아무도 없단 말이야."

"아, 그래요?"

대답하면서도 어린 왕자는 무슨 말을 하는지 알아들을 수 없었습니다.

"손뼉을 쳐 보려무나."

허영꾼이 시킨 대로, 어린 왕자는 얼떨결에 손뼉을 쳤습니다. 그러자 허영꾼은 얼른 모자를 들어 올리며 공손하게 인사했습니다.

'이건 임금님의 별에 갔을 때보다 더 재미있는걸!'

어린 왕자는 속으로 그렇게 생각했습니다. 그러고는 다시 한번 더 손뼉을 쳤습니다. 허영꾼은 또다시 모자를 들어 올리며 점잖게 절을 했습니다.

5분 남짓 되풀이하자, 어린 왕자는 이 단조로운 놀이에 싫증이 났습니다.

"그런데 모자를 떨어지게 하려면 어떻게 해야 하나요?"

하지만 허영꾼은 그 말을 듣지 못했습니다. 허영꾼들에게는 워낙 칭송하는 말만 들리는 까닭이었습니다.

"너는 정말로 날 우러르고 찬양하는 거니?"

허영꾼이 어린 왕자에게 물었습니다.

"찬양한다는 게 무슨 뜻이야?"

"찬양한다는 건, 내가 이 별에서 제일 잘생겼고 옷을 가장 잘 입으며 최고 부자인 데다 아주 똑똑한 사람임을 인정한다는 거란다."

"하지만 이 별에는 아저씨 혼자뿐이잖아!"

"그래도 내가 기뻐하도록, 제발 나를 찬양해 주렴!"

"아저씨를 찬양해."

어깨를 살짝 들썩이면서 어린 왕자가 말을 이었습니다.

"하지만 그것이 아저씨랑 무슨 상관이야?"

그리고 어린 왕자는 그 별을 떠났습니다.

'아무리 생각해도 어른들은 정말 이상해!'

어린 왕자는 속으로 그렇게 생각하며, 여행을 계속했습니다.

열두 번째 이야기 • 술고래의 별

그다음 별에는 술고래가 살고 있었습니다. 아주 잠깐 머물렀지만, 어린 왕자는 몹시 우울해졌습니다.

"거기서 뭐 하고 있어?"

어린 왕자가 술고래에게 물었습니다. 그는 빈 술병과 가득 찬 술병을 각각 한 무더기씩 앞에 늘어놓은 채 말없이 앉아 있었습니다.

"술을 마셔."

무척 침울한 얼굴로, 술고래가 대답했습니다.

"술을 왜 마셔?"

어린 왕자가 물었습니다.

"잊어버리기 위해서야."

"무얼 잊어버리기 위해서?"

어쩐지 측은하다는 생각이 든 어린 왕자가 물었습니다.

"부끄러움을 잊기 위해서야."

고개를 떨구며 술고래가 속마음을 털어놓았습니다.

"무엇이 부끄러운데?"

그를 돕고 싶은 마음이 들어서 어린 왕자가 물었습니다.

"술을 마시는 게 부끄러워!"

그렇게 말하고 나서 술고래는 입을 꾹 다물어 버렸습니다.

어안이 벙벙해진 어린 왕자는 고개를 갸웃거리며 그 별을 떠났습니다.

'어른들은 참말 괴상하고 야릇해!'

그렇게 생각하며 어린 왕자는 여행을 계속했습니다.

열세 번째 이야기 • 사업가의 별

네 번째 별에는 사업가가 살고 있었습니다. 이 사람은 무슨 일이 그리 바쁜지, 어린 왕자가 왔는데도 고개조차 들지 않았습니다.

"안녕하세요, 담뱃불이 꺼졌네요."

어린 왕자가 말을 걸었습니다.

"셋에다 둘을 더하면 다섯, 다섯에 일곱을 보태면 열둘, 열둘에다 셋을 합치면 열다섯. 안녕. 열다섯에다 일곱은 스물둘, 스물둘에다 여섯이면 스물여덟. 담뱃불을 다시 붙일 겨를도 없구나. 스물여섯에다 다섯을 더하면 서른하나. 후유! 그러니까 오억 일백육십이만 이천칠백삼십일이구나."

"뭐가 오억이야?"

"어? 너 여태 거기 있었니? 오억 일백만… 뭐였지…? 하도 바빠서 말이야! 나는 중요한 일을 하는 사람이야. 쓸데없는 이야기를 할 시간이 없어. 둘에다 다섯이면 일곱….”

“뭐가 오억 일백만이라는 거야?”

한 번 던진 질문은 절대 그냥 지나치는 법이 없는 어린 왕자가 다시 물었습니다.

사업가가 고개를 들었습니다.

“54년 전부터 이 별에서 살지만 나를 방해한 것은 딱 세 번뿐이야. 첫 번째는 22년 전인데, 어디선가 날아와 떨어진 풍뎅이 한 마리 때문이었지. 무척 요란한 소리를 내는 바람에 덧셈을 네 군데나 틀렸어. 두 번째는 11년 전인데 류머티즘이라는 신경통 때문이었지. 운동이 부족한 탓이야. 나는 산책할 시간도 없어. 정말 중요한 일을 하는 사람이라서 그래. 세 번째는… 바로 지금이야! 가만있자, 오억 일백만….”

“뭐가 오억이냐구?”

사업가는 아무래도 조용히 일을 계속할 수 없다는 사실을 깨달았습니다.

“때때로 하늘에 보이는, 오억 일백몇십만의 저 작은 것들 말이다.”

“파리 말이야?”

“아니야, 반짝반짝 빛나는 저 작은 것들 말이다.”

“꿀벌 말이야?”

“아니라니까. 게으름뱅이들이 쳐다보며 공상에 빠지는, 저 금빛 나는 작은 것들 말이야. 하지만 나는 중요한

일을 하는 사람이라, 공상에 잠길 겨를이 없단다."

"아! 별들 말이야?"

"그래, 맞아. 별들."

"그 별 오억 개를 가지고 뭘 하는 거야?"

"오억 일백육십이만 이천칠백삼십일 개야. 나는 중요한 일을 하는 사람이고, 또 정확하지."

"도대체 그 별들을 가지고 아저씬 뭘 하는데?"

"뭘 하느냐고?"

"응."

"아무것도 안 해. 그걸 내가 차지하는 거지."

"그 별들이 아저씨 거라고?"

"그렇지."

"근데 내가 얼마 전에 임금님을 만났는데…."

"임금은 차지하지 않아. '다스리지.' 그것은 전혀 다른 거야."

"아저씨가 별들을 차지하면 어떤 쓸모가 있어?"

"부자가 되는 거지."

"부자가 되면 또 무슨 쓸모가 있어?"

"누군가 다른 별들을 발견하면 그것을 사는 데 쓰지."

'이 사람도 좀 전에 만났던 술고래와 비슷한 말을 하는구나.'

어린 왕자는 속으로 그렇게 생각하면서도 질문을 계속했습니다.

"어떻게, 별들을 차지할 수 있어?"

사업가는 불퉁스레 되물었습니다.

"저 별들은 누구 거지?"

"몰라, 임자가 따로 없을걸."

"그러니까 내 거야. 내가 가장 먼저 별들을 가질 생각을 했으니까 말이다."

"그렇다고 아저씨가 차지해?"

"물론이지. 임자 없는 다이아몬드를 네가 발견하면 그건 네 거야. 주인 없는 섬을 발견해도 마찬가지지.

네가 어떤 생각을 처음으로 했다면 그것에 대해 특허를 낼 수 있어. 그러면 그 생각은 너만이 갖는 거야. 그와 마찬가지로 별들은 당연히 내 거야. 나보다 먼저 별을 가지겠다고 생각한 사람이 아무도 없었으니까 말이다."

"그건 맞아. 그런데 아저씨는 그 별들을 가지고 뭘 해?"

어린 왕자가 또 물었습니다.

"그것들을 관리하지. 모두 몇 개인지 헤아리고 또 헤아리면서 말이야. 퍽 힘든 일이지만, 그래도 난 중요한 일을 하는 사람이거든!"

그래도 어린 왕자는 선뜻 수긍할 수 없었습니다.

"내게 비단 목도리가 있으면 그걸 목에 두르고 다닐 수 있어. 또 꽃이 내 거라면 꺾어서 가지고 다닐 수도 있지. 그렇지만 별들은 딸 수 없잖아!"

"물론 그렇지. 하지만 그것을 은행에 맡길 수는 있어."

"그게 무슨 말이야?"

"종이쪽지에 내 별들의 숫자를 적은 다음, 서랍에 넣고 자물쇠로 잠근다는 말이야."

"그뿐이야?"

"그거면 충분해!"

'그거참 재미있네! 제법 시 같기도 하지만 그다지 중요한 일이라고 할 수는 없어.'

어린 왕자는 '중요한 일'에 대해, 어른들과는 아주

다르게 생각하고 있었습니다.

"나에게는 꽃 한 그루가 있는데, 날마다 물을 주지. 화산도 세 개나 있는데 매주 깨끗하게 청소해. 당장은 불을 뿜지 않는 휴화산도 그렇게 해 두지. 무슨 일이 일어날지 알 수 없으니까. 그 꽃과 화산이 나와 함께하는 것은 그들에게도 이로운 일이야. 하지만 아저씨는 별들에게 이로울 게 전혀 없잖아…."

사업가는 입술을 들썩였지만 딱히 대답할 말을 찾지 못했습니다. 그래서 어린 왕자는 그 별을 떠났습니다.

"참말이지 어른들은 별나고 괴상해!"

길을 가며 어린 왕자는 이렇게 중얼거렸습니다.

열네 번째 이야기 • 가로등지기의 별

다섯 번째 찾아간 별은 진짜 재미있는 곳이었습니다. 그동안 들렀던 별 가운데 제일 작았습니다. 가로등 하나와 가로등지기 한 사람이 겨우 설 정도의 공간밖에 없을 만큼 비좁았습니다. 하늘의 한쪽 구석, 집도 없고 사람도 살지 않는 별에 가로등과 가로등지기가 왜 필요한지 알 수 없었습니다. 어린 왕자는 속으로 이렇게 중얼거렸습니다.

"어쩌면 어리석은 아저씨일지도 몰라. 그래도 내가 만났던 임금님·허영꾼·술고래·사업가보다는 나아 보여. 어쨌든 이 아저씨의 일에는 나름대로 뜻이 있으니까 말이야. 아저씨가 가로등을 켜면 별이나 꽃을 하나 더 태어나게 하는 것과 마찬가지고, 가로등을 끄면 꽃이나 별을 잠들게 하잖아. 그러고 보니 꽤 아름다운 직업이네. 아름다우니까 참으로 가치와 보람이 있지."

그 별에 발을 들여놓으며 어린 왕자는 가로등지기에게 공손하게 인사했습니다.

"안녕. 근데 아저씨 왜 방금 가로등을 껐어?"

"그래, 안녕! 명령이란다."

가로등지기가 대답했습니다.

"명령이 뭐야?"

"가로등을 끄라는 거야. 잘 자거라."

그러고는 가로등을 다시 켰습니다.

"그런데 왜 금방 다시 켰어?"

"명령이니까."

가로등지기가 대답했습니다.

"당최 무슨 말인지 알 수 없어."

어린 왕자가 말했습니다.

"굳이 알려고 할 필요 없어. 명령은 명령이니까. 안녕 잘 잤니?"

가로등지기가 대답했습니다. 그러면서 다시 가로등을 껐습니다.

그러고는 붉은 바둑판무늬 손수건으로 이마의 땀을 닦았습니다.

"내 직업은 꽤 고달프단다. 그래도 예전에는 할 만했어. 아침이면 가로등 불을 끄고 저녁에 다시 켰으니까. 그래서 낮에는 쉬고, 밤에는 잠도 잘 수 있었거든…."

"그러면, 그 뒤로 명령이 바뀌었어?"

"명령은 바뀌지 않았어. 그게 바로 비극이란다! 별은 해마다 점점 더 빨리 도는데 명령은 안 바뀌었거든."

가로등지기가 말했습니다.

"내 직업은 꽤 고달프단다."

"그래서?"

"지금은 별이 1분에 한 바퀴씩 돌기 때문에 나는 겨우 1초도 쉴 새가 없단다. 1분마다 한 번씩 가로등을 켰다가 껐다가 해야 하거든."

"거참, 이상하네! 아저씨네 별에서는 하루가 1분뿐이라니."

"그렇게 이상할 것도 없어. 우리가 얘기를 나누는 동안 벌써 한 달이 지났단다."

"한 달이라고요?"

"그래, 30분 지났으니까 30일이지. 그럼 잘 자라!"

그러고 그는 다시 가로등에 불을 켰습니다.

어린 왕자는 가로등지기를 바라보았습니다. 명령에 이처럼 충실한 그 아저씨가 좋아졌습니다. 문득 의자를 몇 발짝 뒤로 물리면서 해넘이 풍경을 바라보던 생각이 떠올랐습니다. 어린 왕자는 가로등지기 친구를 돕고 싶었습니다.

"저기 말이야…, 쉬고 싶을 때 쉴 수 있는 방법이 떠올랐어…."

"그래, 난 언제나 쉬고 싶어."

가로등지기가 말했습니다.

제아무리 성실한 사람일지라도 가끔은 게으름을 피우고 싶을 때가 있는 법입니다.

어린 왕자가 말을 이었습니다.

"아저씨네 별은 하도 작아서 세 발자국만 걸으면 한 바퀴를 돌 수 있어. 그러니까 언제든지 햇빛을 볼 수 있게 천천히 걸으면 돼. 아저씨가 쉬고 싶을 때는 그저 느적느적 걸으면 돼…. 그러면 아저씨가 원하는 만큼 낮 시간이 길어질 테니까."

"하지만 그건 내게 별로 도움이 안 되겠구나. 내가 정말로 원하는 것은 잠을 자는 거니까 말이야."

가로등지기가 말했습니다.

"그래, 정말 안됐네."

어린 왕자가 말했습니다.

"안됐지. 안녕, 잘 잤니?"

그러고 나서 그는 또다시 가로등을 껐습니다.

어린 왕자는 그 별을 떠나면서 이렇게 중얼거렸습니다.

"이 아저씨는 임금님·허영꾼·사업가·술고래 같은 사람들에게 업신여김을 당할지도 몰라. 그렇지만 우스꽝스럽게 보이지 않는 사람은 이 아저씨뿐이야. 아마도 자신을 위해서가 아니라, 언제나 다른 일에 골똘히 힘을 쓰고 있어서일 거야."

어린 왕자는 안타까운 나머지 한숨을 내쉬며 또 이렇게도 생각했습니다.

'내가 친구로 삼을 수 있는 사람은 오직 저 아저씨뿐이야. 근데 이 별은 정말 지나치게 작아. 두 사람이 함께

있을 만한 자리가 없어….'

어린 왕자는 자신에게조차 털어놓지 못하는 것이 있었습니다. 하루 스물네 시간 동안 일천사백사십 번이나 해넘이 풍경을 바라볼 수 있는, 이 축복받은 별에서 발을 떼기가 어려웠다는 사실이었습니다.

열다섯 번째 이야기 • 지리학자의 별

여섯 번째 별은 바로 전 행성과 견주어 열곱절이나 더 컸습니다. 그 별에는 엄청나게 두꺼운 책을 쓰고 있는 할아버지 한 분이 살고 있었습니다.

"이야! 탐험가 한 사람이 오는군!"

어린 왕자를 보자마자 할아버지는 이렇게 소리쳤습니다.

어린 왕자는 탁자 위에 걸터앉아 가쁜 숨을 내쉬었습니다. 오랫동안 제법 여러 곳을 여행했던 까닭입니다!

"어디서 오는 길이니?"

할아버지가 어린 왕자에게 물었습니다.

"이 두꺼운 책은 뭐예요? 할아버지는 여기서 뭘 하셔요?"

"나는 지리학자란다."

할아버지가 대답했습니다.

"지리학자가 뭐예요?"

"바다와 강과 도시와 산 그리고 사막이 어디에 있는지를 두루 아는 학자란다."

"그거참 재미있네요. 이제야 비로소 직업다운 직업 가진 분을 만났네요!"

그러고는 지리학자의 별을 한 바퀴 둘러보았습니다. 어린 왕자는 이처럼 빼어난 별을 본 적이 없습니다.

"할아버지네 별은 무척 아름답군요. 넓고 큰 바다도 있나요?"

"글쎄, 모르겠다."

지리학자가 대답했습니다.

"그래요?"

어린 왕자는 속으로 실망했습니다.

"그러면 산은요?"

"그것도 모르겠다."

지리학자가 말했습니다.

"그럼, 도시와 강과 사막은요?"

"그것도 역시 몰라."

지리학자가 대답했습니다.

"할아버지는 지리학자시잖아요?"

"그래, 맞아. 하지만 나는 탐험가가 아니란다. 내가 직접 나서서 탐험한 적은 없어. 지리학자는 도시와 강과 산 또 바다와 대양과 사막을 직접 살피며 헤아리러 다니지 않아. 지리학자는 아주 중요한 사람이라서 서재를 떠나 한가롭게 돌아다닐 수 없어. 서재에서 탐험가들을 만나 여러 가지를 물어보고 그들의 기억을 책에 기록해야 하거든. 그중 어느 탐험가 이야기에 흥미로운 내용이 있으면, 지리학자는 그 탐험가의 인품을 조사해."

"그건 왜요?"

"만약 탐험가가 거짓말을 하면 지리책이 엉터리가 되어 버릴 테니까. 또 술을 너무 마시는 탐험가도 마찬가지야."

"그건 또 왜 그러지요?"

어린 왕자가 물었습니다.

"술 취한 사람 눈에는 사물이 둘로 보이게 마련이지. 그러면 실제로는 산이 하나밖에 없는데 거기에 산이

둘 있다고 잘못 적어 넣을 수 있거든."

"제가 아는 어떤 사람도 나쁜 탐험가가 될 수 있겠네요."

어린 왕자가 말했습니다.

"그럴 수도 있겠지. 그래서 탐험가의 인품이 믿을 만해 보이면, 그 사람이 발견한 것에 관해 조사하게 한단다."

"직접 가서 보시나요?"

"아니, 그건 너무 번거로워. 탐험가에게 증거를 보여 달라고 하지. 가령 큰 산을 발견했다고 하면 그곳에 있는 커다란 돌멩이들을 가져오라고 요구하는 거야."

그러더니 지리학자가 갑자기 흥분하며 서둘렀습니다.

"참, 그런데 너는 멀리서 왔지? 그렇다면 넌 탐험가나 다름없어! 어디, 네가 사는 별에 관해 이야기해 봐."

지리학자는 책을 펼쳐 놓고 연필을 깎았습니다. 우선 탐험가의 이야기를 연필로 적어 두었다가, 증거물을 가져오면 비로소 잉크로 적는답니다.

"자, 시작해 볼까?"

지리학자가 물었습니다.

"아, 제 별에는 흥미로운 게 그다지 없어요. 아주 작은 별이라서요."

어린 왕자가 입을 열었습니다.

"화산이 셋 있는데, 둘은 활화산이고 하나는 휴화산이에요. 하지만 앞으로 어떤 일이 일어날지는 몰라요."

"그래, 언제 무슨 일이 일어날지 모르지."

지리학자가 말했습니다.

"꽃나무가 한 그루 있어요."

"우리는 꽃을 따로 기록하지 않는다."

"그건 왜요? 아주 아름다운 꽃인데요!"

"꽃은 덧없는 것이라서 그래."

" '덧없다.'는 건 무슨 뜻인가요?"

지리학자가 대답했습니다.

"지리책은 모든 책 중에서도 가장 귀하고 소중한 것이란다. 그건 절대로 유행을 타지 않아. 산의 자리가 바뀌거나, 넓고 큰 바닷물이 말라 버리는 일은 아주 드무니까 말이야. 우리는 영원히 변치 않는 것들만 기록하거든."

어린 왕자가 말을 가로막고 나섰습니다.

"그렇지만 사화산이라 여겼는데 다시 불을 뿜을 수도 있잖아요. 그런데 '덧없다.'는 건 무슨 뜻이에요?"

"사화산이든 활화산이든 우리 지리학자에게는 마찬가지란다. 우리에게 중요한 건 바로 산이야. 산은 변하지 않으니까."

"그런데 '덧없다.'는 건 무슨 뜻이에요?"

한 번 던진 질문은 절대 지나치는 법이 없는 어린

왕자가 다시 물었습니다.

"그건 '머지않아 사라져 버릴 기미가 보인다.'는 뜻이란다."

"그럼, 제 꽃도 머잖아 사라져 버릴 수 있다는 건가요?"

"아무렴."

'내 꽃이 덧없는 것이라고?'

어린 왕자는 속으로 생각했습니다.

'그 꽃이 세상에 맞서 자신을 지킬 무기라고는 고작 가시 네 개가 있을 뿐이야! 그런 꽃을 별에 혼자 내버려 두고 왔구나!'

어린 왕자는 처음으로 후회했습니다. 그러나 용기를 내어 물었습니다.

"할아버지, 제가 어느 별을 찾아가 보는 게 좋을지 일러 주시겠어요?"

"지구라는 별에 가 보려무나. 그 별은 꽤 좋은 평판을 받고 있으니까 말이야…."

어린 왕자는 자신의 별에 두고 온 꽃을 생각하며, 다시 길을 떠났습니다.

열여섯 번째 이야기 • 지구 별

그래서 어린 왕자가 찾은 일곱 번째 별이 지구였습니다.

지구는 이제껏 보아 온 것과는 달리, 시시한 행성이 아니었습니다! 이곳에는 일백열한 명흑인 임금님도 포함해서의 임금님과 칠천 명의 지리학자 그리고 구십만 명의 사업가와 칠백오십만 명의 술고래에다가 삼억 일천일백만 명의 허영꾼 등 이십억 명가량의 어른들이 살고 있었습니다.

전기 발명 이전까지, 여섯 대륙을 통틀어 사십육만 이천오백열한 명이라는 엄청난 수의 가로등지기를 두었다는 데 비춰 보면 지구가 얼마나 큰 별인지 넉넉히 짐작할 수 있을 것입니다.

조금 멀리 떨어진 곳에서 바라보면 참으로 찬란한 풍경이 펼쳐집니다. 가로등지기들이 움직이는 모습은 마치 오페라의 발레단처럼 가지런하고 질서가 있습니다. 맨 처음에는 뉴질랜드와 오스트레일리아 가로등지기들이 모습을 드러냅니다. 그들이 등불을 켜 놓고 자러 가면, 중국과 시베리아 가로등지기들이 춤을 추며 나옵니다. 이들 역시 무대 뒤로 모습을 감추면 러시아와 인도 가로등지기들이 나타납니다. 그다음에는 아프리카와 유럽, 뒤를 이어 남아메리카, 그리고 북아메리카 가로등지기들이 나와 불을 켭니다. 하지만 그들은 단 한 차례도 무대 입장 순서를 어긴 적이 없습니다. 그것은 정말로 훌륭하고 멋진 광경이었습니다.

다만 북극과 남극의 가로등지기만은 한가하고 태평스러운 삶을 누리고 있었습니다. 그들은 일 년에 딱 두 차례만 일을 하는 까닭이었습니다.

재치 있게 말하려다 보면 얼마쯤 거짓말을 보태는 때도 없지 않습니다. 내가 여러분께 가로등지기에 관해 이야기하면서 정말 솔직하지는 않았습니다. 그래서 지구에 대해 잘 알지 못하는 사람이라면, 지구에 관해 그릇된 인식을 가질 염려도 없지 않습니다. 실제로 지구에서 사람들이 차지하는 면적은 그리 넓지 않습니다. 만일 지구에 사는 이십억 명가량의 사람들이 어떤 집회에서처럼 간격을 좁혀 바투 선다면 가로 20마일약 32Km, 세로 20마일 정도의 광장에 충분히 다 들어갈 수 있을 겁니다. 다시 말하면, 태평양의 가장 작은 섬에다가 세계의 모든 사람을 빽빽하게 채울 수도 있다는 말입니다.

물론 어른들은 이 말을 믿지 않을 것입니다. 그들은 자신들이 엄청나게 드넓은 자리를 차지하고 있는 것으로 착각합니다. 자기들이 마치 바오바브나무처럼 중요한 존재라고 여기는 까닭입니다. 그러므로 여러분은 어른들에게 한번 계산하라고 일러 줘 보세요. 어른들은

숫자를 무척 좋아하니까 틀림없이 기뻐할 겁니다. 하지만 여러분은 이 문제를 푸느라고 시간을 허투루 쓰지 마세요. 그것은 부질없는 일입니다. 그저 내 말만 믿으면 충분합니다.

지구 별에 도착한 어린 왕자는 맨 처음, 사람이 하나도 보이지 않아서 무척 이상하게 생각했습니다. 그래서 별을 잘못 찾아왔나 보다, 지레 겁을 먹었습니다. 바로 그때 모래 위에서 달과 같은 빛깔의 동그란 고리 하나가 꼼틀거리는 것이 보였습니다.

"안녕!"

어린 왕자는 대뜸 인사를 건넸습니다.

"안녕!"

뱀이 대답했습니다.

"내가 지금 도착한 이곳은 무슨 별이야?"

어린 왕자가 물었습니다.

"지구야. 아프리카라는 곳이지."

뱀이 대답했습니다.

"아, 그래! …그런데 지구에는 아무도 살지 않니?"

"여기는 사막이야. 사막에는 아무도 없어. 그렇지만 지구는 엄청나게 큰 별이지."

뱀이 말했습니다.

어린 왕자는 돌 위에 앉아서 하늘을 올려다보았습니다.

"별이 반짝이는 것은 누구든지 자신의 별을 쉽게 찾을 수 있게 하려고 그러는가 봐."

어린 왕자가 말했습니다.

"저기 내 별을 봐. 바로 우리 머리 위에 있어. …하지만 진짜 멀리 있구나!"

"아름다운 별이구나. 그런데 넌 여기에 뭐 하러 왔니?"

뱀이 말했습니다.

"어떤 꽃하고 껄끄러운 일이 있었거든."

어린 왕자가 대답했습니다.

"아!"

그러고는 둘 다 잠자코 있었습니다.

"사람들은 다 어디에 있어? 사막은 좀 외롭구나…."

한참 만에 어린 왕자가 입을 열었습니다.

"사람들 틈에 있어도 외로운 건 마찬가지야."

뱀이 말했습니다.

어린 왕자는 한동안 뱀을 바라보았습니다.

"넌 참 재미있게 생긴 동물이구나, 손가락처럼 가느다랗고…."

마침내 어린 왕자가 입을 열었습니다.

"그렇지만 나는 임금님 손가락보다도 더 힘이 세단다."

어린 왕자는 쌩긋 웃었습니다.

"그다지 세어 보이지 않는데…. 네겐 다리도 없잖

"넌 참 특이하게 생긴 동물이구나, 손가락처럼 가느다랗고…."

아…. 저런, 여행도 할 수 없겠구나….”

“나는 배보다도 더 멀리 너를 데려갈 수 있어.”

그러면서 뱀은 어린 왕자의 발목을 금팔찌 모양으로 휘감았습니다.

“내가 건들기만 하면 누구든 그가 나왔던 땅으로 다시 돌아가게 돼. 하지만 너는 순진하고 다른 별에서 왔으니까….”

어린 왕자는 아무런 말도 하지 않았습니다.

“가엾구나, 너처럼 무르고 약한 아이가 화강암투성이인 지구에 왔으니까 말이야. 언제고 네 별이 몹시 그리워지면 내가 널 도와 줄 수 있을 거야. 나는….”

“그래, 알았어! 그런데 넌 어째서 줄곧 수수께끼 같은 말만 하니?”

어린 왕자가 말했습니다.

“나는 그 모든 수수께끼를 다 풀어 줄 수 있거든.”

뱀이 말했습니다.

그러고 나서 그들은 다시 아무 말도 하지 않았습니다.

어린 왕자는 사막을 가로질러 갔으나 꽃 한 송이밖에는 만나지 못했습니다. 꽃잎이 세 장 달린, 그다지 볼품없는 꽃이었습니다.

"안녕!"

하고 어린 왕자가 말했습니다.

"안녕!"

꽃이 대답했습니다.

"사람들은 다 어디에 있어?"

어린 왕자가 숙부드럽게 물었습니다.

그 꽃은 어느 날, 무리를 지은 상인들카라반이 지나가는 것을 본 적이 있었습니다.

"사람들? 아마도 예닐곱 명 정도는 있나 봐. 몇 해 전에 그 사람들을 본 적 있어. 하지만 어디로 가야 그들을 만날 수 있을지는 몰라. 바람 부는 대로 떠돌아다니거든. 그들에게는 뿌리가 없어. 그래서 무척 힘겨운가 봐."

"잘 있어."

어린 왕자가 말했습니다.

"잘 가."

꽃이 대답했습니다.

열아홉 번째 이야기 • 메아리

어린 왕자는 높은 산으로 올라갔습니다. 여태까지 어린 왕자가 아는 산이라고는, 겨우 무릎 높이까지 오는 화산 셋뿐이었습니다. 어린 왕자는 자신의 별에서 사화산을 의자로 썼습니다.

'이렇게 높은 산이라면 별 전체와 사람들을 모두 한눈에 볼 수 있을 거야….'

그러나 어린 왕자가 본 것은 바늘처럼 뾰족한 바위산 봉우리뿐이었습니다.

"안녕!"

어린 왕자는 다짜고짜 인사부터 건넸습니다.

"안녕…, 안녕…, 안녕…!"

메아리가 대답했습니다.

"너희는 누구니?"

어린 왕자가 물었습니다.

"너희는 누구니…, 너희는 누구니…, 너희는 누구니…?"

메아리가 대답했습니다.

'참 이상한 별이구나!
무척 까칠하고 뾰족뾰족한 데다가
죄다 소금투성이야.'

“나랑 친구 하자. 난 외로워.”

어린 왕자가 말했습니다.

“난 외로워…, 난 외로워…, 난 외로워….”

메아리가 대답했습니다.

그래서 어린 왕자는 이렇게 생각했습니다.

‘참 이상한 별이구나! 무척 까칠하고 뾰족뾰족한 데다가 죄다 소금투성이야. 게다가 상상력은 턱없이 모자란 모양이야. 남이 한 말을 되풀이나 하고…. 내 별에는 꽃이 한 송이밖에 없지만, 그 꽃은 언제나 먼저 말을 걸곤 했는데….’

스무 번째 이야기 • 어린 왕자의 슬픔

어린 왕자는 모래와 바위 그리고 눈길을 헤치며 오랫동안 돌아다닌 끝에 마침내 길을 하나 찾았습니다. 길이란 모름지기 사람들이 있는 데로 나 있게 마련입니다.

"안녕!"

어린 왕자가 인사를 건넸습니다.

그곳은 장미꽃이 환하게 피어 있는 정원이었습니다.

"안녕!"

장미꽃들이 대답했습니다.

어린 왕자는 그 장미꽃들을 바라보았습니다. 모두가 다 자신의 별에 있는 꽃과 아주 닮았습니다.

"너희들은 누구니?"

깜짝 놀란 어린 왕자가 물었습니다.

"우리는 장미꽃이야."

장미꽃들이 대답했습니다.

"어, 그러니?"

그 순간 어린 왕자는 자신이 몹시 불행하다는 생각이 들었습니다. 어린 왕자의 꽃은 늘 '자신과 같은 꽃이 우주에 오직 하나밖에 없다.'고 말했습니다. 그런데 이 정원 안에만 똑같은 장미꽃이 5천 송이나 피어 있는 게 아닌가!

어린 왕자는 이렇게 중얼거렸습니다.

"내 꽃이 이걸 보면 무척 속상해할 거야. 어쩌면 창피한 기색을 보이지 않으려고 잇따라 기침을 해 대면서 죽는시늉을 하겠지. 그러면 나는 장미꽃에 시중드는 척이라도 해야 할 거야. 그렇게 하지 않으면 나에게 창피를 주기 위해 정말 죽어 버릴지도 모르니까 말이야…."

그러고 어린 왕자는 이런 생각도 했습니다.

'나는 이 세상에서 오직 하나뿐인 꽃을 가진 부자라

여겼지. 그런데 이제 보니까 아주 흔한 장미꽃 한 그루를 가졌을 뿐이었어. 그리고 겨우 무릎 높이까지 오는 화산 셋, 그중 하나는 사화산일 텐데, 그 정도로는 위대한 왕자일 수 없어….'

어린 왕자는 풀밭에 엎드려 울음을 터뜨렸습니다.

어린 왕자는 풀밭에 엎드려 울음을 터뜨렸습니다.

스물한 번째 이야기 • 여우를 만나다

여우가 나타난 것은 바로 그때였습니다.

"안녕!"

여우가 말했습니다.

"안녕!"

어린 왕자도 공손하게 인사하며 돌아보았지만, 아무도 보이지 않았습니다.

"나, 여기 있어. 사과나무 밑에…."

좀 전의 그 목소리가 들렸습니다.

"넌 누구니? 참 예쁘구나…."

어린 왕자가 물었습니다.

"나는 여우야."

"이리 와서 나하고 놀자. 난 지금 아주 슬프거든…."

어린 왕자가 부탁했습니다.

"나는 너와 놀 수 없어. 아직 길들지 않았으니까 말이야."

여우가 대답했습니다.

"아, 그래! 미안해."

어린 왕자가 말했습니다.

그러고는 조금 생각하더니 이렇게 덧붙였습니다.

" '길들인다.'는 게 무슨 말이야?"

"넌 여기 사는 애가 아니구나. 뭘 찾고 있니?"

여우가 말했습니다.

"사람들을 찾고 있어. 그런데 '길들인다.'는 게 무슨 말이야?"

어린 왕자가 되물었습니다.

"사람들은 총을 가지고 사냥해. 그건 내게 아주 위험한 일이야! 닭도 기르는데, 그들의 관심거리는 오직 그뿐이지. 너도 닭을 찾는 거니?"

여우가 물었습니다.

"아니, 나는 친구들을 찾고 있어. 근데 '길들인다.'는 게 무슨 말이야?"

어린 왕자가 말했습니다.

"요즘 사람들은 거의 다 잊고 사는데, 그건 '관계를 맺는다.'는 뜻이야."

여우가 말했습니다.

" '관계를 맺는다.'고?"

"맞아, 넌 아직 나에게 수없이 많은 여느 어린이들과 다를 바 없는 한 사내아이일 뿐이야. 그래서 나는 네가 필요하지 않고, 너 역시 내가 필요하지 않을 거야. 나도 아직은 너에게, 수없이 많은 다른 여우와 다를 바 없는 한 마리 여우에 지나지 않거든. 하지만 네가 나를 길들이면 우리는 서로에게 필요한 사이가 될 거야. 나에게는 네가 세상에서 단 하나뿐인 존재이고, 네게도 내가 세상에서 단 하나뿐인 존재가 될 거야…."

여우가 말했습니다.

"그래, 이제야 무슨 말인지 좀 알겠어. 내게 꽃나무 한 그루가 있는데…, 그 꽃이 나를 길들였나 봐…."

어린 왕자가 말했습니다.

"그럴 수도 있겠지. 지구에서는 갖가지 일들이 다 일어나니까…."

여우가 말했습니다.

"아, 지구에서의 일이 아니야."

어린 왕자가 말하자, 여우는 몹시 솔깃한 모양이었습니다.

"다른 별에서?"

"응."

"그 별에도 사냥꾼이 있니?"

"아니, 없어."

"거참, 구미가 당기는데! 그럼 닭은?"

"없어."

"그러게, 세상에 완전한 건 하나도 없다니까."

여우가 한숨을 내쉬었습니다. 그러고 나서 여우는 자신이 하던 이야기로 말머리를 돌렸습니다.

"내 생활은 단조롭단다. 나는 닭을 쫓고 사람들은 나를 쫓지. 닭들도 모두 어슷비슷큰 차이가 없이 서로 비슷비슷하다하고 사람들도 마찬가지로 어금버금서로 엇비슷하여 큰 차이가 없다해. 그래서 나는 조금 지루하단다. 하지만 네가 날 길들인다면, 내 삶은 햇살이 드는 것처럼 환해질 거야. 난 여느 사람들의 발소리와 다른 네 발소리를 구별할 수 있을 테고. 다른 이들의 발소리라면 나는 얼른 굴속으로 들어가겠지. 하지만 네 발소리는 마치 음악 소리처럼 들려서 굴 밖으로 달려 나오게 할 거야. 그리고 저기를 봐! 밀밭이 보이지? 나는 빵을 먹지 않아. 그러니까, 밀은 내게 아무런 쓸모가 없어. 그래서 밀밭을 바라봐도 내게는 떠오르는 게 아무것도 없지. 그건 서글픈 일이야! 하지만 네 머리카락은 금 빛깔이지. 그런 네가 날 길들인다면 정말 근사할 거야! 금빛 밀을 보면 네 생각이 날 테니까. 또한 나는 밀밭을 지나가는 바람 소리까지도 좋아하게 될 거야….”

그러고는 여우가 어린 왕자를 잠자코 쳐다보다가 입을 열었습니다.

“제발… 나를 길들여 줘!”

“나도 정말 그러고 싶어. 하지만 내게는 시간이 많지 않아. 친구를 사귀어야 하고, 또 알아봐야 할 것들도 많거든.”

어린 왕자가 대답했습니다.

“누구든 자신이 길들인 것밖에 알지 못해. 사람들에게

는 이제 무언가에 대해 알아볼 시간조차 없어. 그들은 가게에서, 이미 다 만들어진 물건들을 살 뿐이야. 그런데 어디에도 친구를 파는 가게가 없으니까, 사람들에겐 이제 더 이상 친구가 없어. 네가 친구를 갖고 싶으면 날 길들여!"

"그러면 내가 어떡해야 하니?"

어린 왕자가 물었습니다.

여우가 대답했습니다.

"참을성이 아주 많아야 해. 우선 내게 조금 떨어져서 풀밭에 그처럼 앉아 있어. 내가 곁눈으로 널 흘금흘금 볼 텐데, 아무 말도 하지 마. 말이란 오해를 불러일으키기 십상이니까. 그렇지만 날마다 조금씩 내게 가까이 다가와서 앉아…."

이튿날, 어린 왕자는 다시 여우를 찾아갔습니다.

여우가 말했습니다.

"같은 시간에 왔으면 더 좋았을 텐데. 가령 네가 오후 네 시에 온다면, 나는 세 시부터 행복해질 거야. 시간이 갈수록 차츰차츰 달뜨면서 더 행복해질 거야. 네 시 무렵이면 내 마음은 들썩거려 안절부절못할 테지. 그러면서 나는 행복이 얼마나 값진 것인지 깨달을 거야. 하지만 네가 아무 때나 온다면, 몇 시부터 마음 단장을 해야 할지 전혀 알 수 없겠지…. 이를테면 의식 같은 게 필요하다는 거야."

"의식이 뭐야?"

어린 왕자가 물었습니다.

여우가 대답했습니다.

"그것 역시 요즘 사람들은 거의 다 잊고 살지. 그건 어느 하루를 다른 날, 또 어떤 시간을 다른 시간과 달리 특별하게 느끼게끔 만드는 거야. 예를 들면, 이 마을 사냥꾼들에게도 그와 같은 의식이 있어. 그들은 목요일이면 마을 아가씨들과 춤을 추지. 그래서 내게도 목요일은 기막히게 신나는 날이야! 나는 포도밭까지 산책하지. 만약 사냥꾼들이 아무 때나 춤을 춘다면, 내게는 하루하루가 모두 여느 날과 다를 게 하나도 없을 거 아냐. 그러면 나는 단 하루도 마음 놓고 쉬지 못할 테고 말이야."

이렇게 해서 어린 왕자는 여우를 길들였습니다. 마침내 헤어질 시간이 다가오자, 여우가 말했습니다.

"아! 나, 울음보가 터지려고 해."

"그건 네 탓이야. 난 결코 네 마음을 아프게 하고 싶지 않았어. 하지만 네가 길들여 달라고 해서…."

어린 왕자가 말했습니다.

"그건 그래."

여우가 말했습니다.

"그런데 너 울려고 하잖아!"

어린 왕자가 말했습니다.

"가령 네가 오후 네 시에 온다면,
나는 세 시부터 행복해질 거야."

"그래, 맞아."

여우가 말했습니다.

"그렇다면 넌 얻은 게 아무것도 없잖아!"

"얻은 게 있지. 금빛 밀밭이 있으니까 말이야."

그러고는 여우가 이렇게 말을 이었습니다.

"장미꽃들을 보러 다시 가 봐. 네 장미꽃이 세상에서 오직 한 그루뿐이라는 걸 깨닫게 될 거야. 그러고 나서 내게 작별 인사를 하러 와. 그러면 네게 한 가지 비밀을 선물할게."

어린 왕자는 다시 장미꽃들을 보러 갔습니다.

"너희들은 내 장미꽃을 조금도 안 닮았어. 너희는 내게 아직 아무것도 아니야."

어린 왕자가 장미꽃들에게 말을 건넸습니다.

"아무도 너희를 길들이지 않았고, 너희들 역시 아무도 길들인 적이 없어. 너희는 길들이기 전의 내 여우와 같아. 친구가 된 내 여우도 처음에는 다른 수많은 여우와 다를 바가 없었지. 그렇지만 내가 친구로 삼은 까닭에, 이제는 내게, 세상에 단 하나뿐인 여우야."

그러자 장미꽃들은 어쩔 줄 몰라 했습니다.

어린 왕자는 장미꽃들에게 계속 말을 건넸습니다.

"너희들은 아름다워. 그러나 속은 텅 비어 있어. 그 누구도 너희를 위해 목숨을 바치지 않을 거야. 무심코 길을 가는 사람이라면 물론, 내 장미꽃 역시 너희들과 똑같이 생겼다고 생각하겠지. 하지만 내 장미꽃 한 그루는 너희 모두를 합친 것보다 더 소중해. 왜냐하면 내가 손수 그 장미꽃에게 물을 주었으니까. 내가 유리 덮개를 씌워 준 것도 그 장미꽃이니까. 바람막이를 둘러쳐 준 것도 바로 그 장미꽃이니까. 또 내가 애벌레를 직접 잡아 준 것도나비가 되라고 남겨 둔 두세 마리는 빼고 그 장미꽃이니까. 불평하거나 자랑을 늘어놓아도 또 아무 말 없이 잠자코 있을 때조차도 귀 기울여 주었어. 그게 바로 내 장미꽃이니까."

그러고 나서 어린 왕자는 여우에게로 돌아갔습니다.

"잘 있어."

어린 왕자가 말했습니다.

"잘 가. 내가 일러 준다던 비밀은 정말 간단한 거야. 오로지 마음으로 보아야만 잘 볼 수 있다는 거지. 가장 중요한 것은 눈에 보이지 않는 법이거든."

여우가 말했습니다.

"가장 중요한 것은 눈에 보이지 않는 법이다."

잘 기억해 두려고, 어린 왕자가 되뇌었습니다.

"네 장미꽃을 그처럼 소중하게 여기는 것은, 장미꽃을 위해 바친 시간에서 비롯했음을 알아야 해."

"장미꽃을 위해 바친 시간…."

잘 기억해 두려고, 어린 왕자가 되뇌었습니다.

"사람들은 이 같은 진리를 잃어버렸어. 하지만 넌

결코 그것을 잃어버리면 안 돼. 네가 길들인 것에 대해서는 언제까지나 책임을 져야 해. 너는, 네 장미꽃에 책임이 있어…."

여우가 말했습니다.

"나는, 내 장미꽃에 책임이 있어…."

잘 기억하기 위해, 어린 왕자는 여러 차례 되뇌었습니다.

"안녕!"

어린 왕자가 말했습니다.

"안녕!"

철도원이 대답했습니다.

"여기서 뭐 해?"

어린 왕자가 물었습니다.

"열차 손님들을 1천 명씩 무리 지어 나누고 있어. 그 승객들을 싣고 가는 기차를, 오른쪽이나 왼쪽으로 보내는 일을 하는 거지."

불을 환하게 밝힌 급행열차가 우레처럼 요란한 소리로 조종실을 뒤흔들었습니다.

"다들 무지하게 바쁜가 봐. 뭘 찾으러 가는 거지?"

어린 왕자가 물었습니다.

"그건 열차 기관사도 모른단다."

불을 환히 밝힌 또 다른 급행열차가 반대편에서, 우렁찬 소리를 내며 달려왔습니다.

"그 사람들이 벌써 돌아온 거야?"

어린 왕자가 물었습니다.

"아까 그 사람들이 아니야. 두 열차가 서로 엇갈려 지나간 거지."

철도원이 말했습니다.

"자기들이 있던 곳은 마음에 들지 않나 봐?"

"자신이 머무는 곳에 만족하는 사람은 하나도 없단다."

철도원이 말했습니다.

이어서 불을 환하게 밝힌 세 번째 급행열차가 굉음을 내며 달려왔습니다.

"이 사람들은 먼젓번 사람들을 쫓아가는 거야?"

어린 왕자가 물었습니다.

"쫓아가긴 뭘 쫓아가. 대부분이 저 안에서 잠을 자거나 하품이나 하고 있어. 어린이들만 유리창에 코를 바짝 갖다 대고 있을 뿐이지."

철도원이 말했습니다.

"어린이들만이 무엇을 찾고 있는지 알고 있어. 어린이들은 낡은 헝겊 인형하고도 한참 동안 놀지. 그러니까 그 인형을 아주 소중하게 여기는 거야. 누군가 인형을 빼앗아 가면, 그래서 울음을 터뜨리는 거고…."

어린 왕자가 말했습니다.

"어린이들은 참 행복하구나."

철도원이 말했습니다.

"안녕!"

어린 왕자가 말했습니다.

"안녕!"

약장수가 대답했습니다.

갈증 달래는 알약을 새롭게 만들어 파는 사람이었습니다. 일주일에 한 알만 먹어도 물 마시고 싶은 생각이 들지 않게 하는 약이었습니다.

"왜 그런 걸 팔아?"

어린 왕자가 물었습니다.

"시간을 엄청나게 절약할 수 있거든. 전문가들이 계산했는데, 일주일에 무려 오십삼 분이나 아낄 수 있다는 거야."

약장수가 말했습니다.

"그 오십삼 분으로 뭘 하는데?"

"하고 싶은 것들을 하는 거지…."

'나에게 오십삼 분의 여유가 생기면, 샘 있는 곳까지 아주 천천히 걸어갈 텐데….'

어린 왕자는 그렇게 생각했습니다.

사막에서 비행기가 고장을 일으킨 지 여드레째 날이었습니다. 나는 아껴 두었던 물을 마지막 한 방울까지 마시면서 약장수에 관한 이야기를 들었습니다.

내가 어린 왕자에게 말했습니다.

"어쩌면! 네가 겪은 이야기들은 아주 멋들어지는구나. 그런데 나는 아직도 비행기를 고치지 못했어. 게다가 마실 물까지 바닥났지. 나도 지금, 샘 있는 곳까지 아주 천천히 걸어갈 수만 있다면 참말 행복할 텐데!"

"내 친구 여우는…."

어린 왕자가 내게 말했습니다.

"꼬마 친구, 지금은 여우 이야기를 하고 있을 때가 아니야!"

"왜?"

"목이 말라 죽을 지경이니까…."

어린 왕자는 내 말뜻을 알아듣지 못하고 이렇게 대답했습니다.

"설령, 죽는다 해도 친구가 있다는 건 멋진 거야.

나는 여우 친구가 있다는 게 참말 기뻐….”

'이 아이는 지금 얼마나 위급한 상황인지 짐작조차 못 하는구나. 전혀 배가 고프지도 목이 마르지도 않은가 봐. 그저 햇살만 조금 있으면 충분한 모양이군….'

나를 물끄러미 보던 어린 왕자가 마치 내 생각을 헤아리기라도 한 것처럼 말했습니다.

“나도 목이 말라…. 우리 우물을 찾으러 가….”

나는 내키지 않는다는 몸짓을 해 보였습니다. 끝없이 펼쳐진 사막에서 무턱대고 우물을 찾아 나선다는 것은 얼토당토않은 일이기 때문이었습니다. 그런데도 우리는 걷기 시작했습니다. 몇 시간 동안이나 아무 말 없이 걷다 보니, 어느덧 어둠이 깔리고 별이 반짝거리기 시작했습니다. 나는 갈증으로 말미암아 열이 좀 있어서 그 별들을 꿈결에서 보는 듯했습니다. 어린 왕자가 한 말들이 내 기억 속에서 찰랑거렸습니다.

나는 어린 왕자에게 물었습니다.

“너도 목이 마르니?”

그러나 어린 왕자는 내 질문에 대답하지 않고, 다만 이렇게 말할 따름이었습니다.

“물은 마음에도 좋을 거야….”

나는 선뜻 이해하지 못했지만, 잠자코 있었습니다…. 어린 왕자에게 질문을 하면 안 된다는 것을 잘 알고 있는 까닭이었습니다.

어린 왕자는 지쳤는지, 모래 위에 털썩 주저앉았습니다. 나도 그 옆으로 가서 앉았습니다. 한동안 말이 없던 어린 왕자가 입을 열었습니다.

"별들이 아름다운 건, 우리 눈에 보이지 않는 꽃 한 송이가 있어서야…."

"그렇고말고!"

나는 그렇게 대답하고는, 달빛 아래 주름처럼 펼쳐진 모래 언덕을 말없이 바라보았습니다.

"사막은 아름다워…."

어린 왕자가 말을 이었습니다.

진짜 그렇습니다. 나는 언제나 사막을 좋아했습니다. 모래 언덕 위에 앉아 있으면 아무것도 보이지 않고 어떠한 소리도 들리지 않습니다. 그러나 그 고요함 속에서 무엇인가가 환하게 빛을 냅니다….

"사막이 아름다운 것은, 어디엔가 우물을 감추고 있어서야…."

어린 왕자가 말했습니다.

그 말을 듣고서야 나는 사막이 신비스럽게 빛나는 까닭을 깨닫고 깜짝 놀랐습니다. 어렸을 적에 나는 아주 오래된 집에서 살았습니다. 전해 오는 말에 따르면, 그 집에는 보물이 묻혀 있다고 했습니다. 물론 아무도 발견하지 못했는데, 어쩌면 그것을 찾으려고 하지 않았을지도 모릅니다. 하지만 그로 말미암아 집 전체에 신비한

마법이 걸려 있는 듯했습니다. 우리 집 깊숙한 곳에 어떤 비밀이 감춰져 있었던 까닭입니다….

내가 어린 왕자에게 말했습니다.

"그래, 집이든 별이든 사막이든 그것들을 아름답게 하는 것은 눈에 보이지 않는 법이야!"

"아저씨가 내 친구 여우와 같은 생각을 가져서 참 기뻐."

어린 왕자가 그렇게 말하고 나서 이내 잠이 들었으므로, 나는 품에 안고 다시 걷기 시작했습니다. 가슴이 뭉클해졌습니다. 마치 부서지기 쉬운 보물을 안고 가는 듯했습니다. 세상에 이보다 더 연약한 존재는 없으리라는 기분이 들었습니다. 달빛에 비친 어린 왕자의 창백한 이마와 감긴 눈, 바람에 흩날리는 머리카락을 내려다보며 이런 생각을 했습니다.

'내가 지금 보고 있는 것은 껍데기일 뿐이야. 가장 중요한 것은 눈에 보이지 않아….'

반쯤 벌어진 입술에 상긋 어린 미소를 보며 내게는 또 이런 느낌이 들었습니다.

'잠든 어린 왕자가 이다지도 깊이 나에게 감동을 주는 것은 꽃 한 송이에 대한 변함없는 마음, 잠자고 있을 때조차 램프의 불꽃처럼 이 아이의 마음속에서 빛을 내는 한 송이 장미꽃이 있어서야….'

그러자 어린 왕자가 한층 더 깨지기 쉬운 존재로

여겨졌습니다. 당연히, 램프 불꽃처럼 연약한 어린 왕자를 잘 지켜야 한다고 다짐했습니다.

밤새 걷고 또 걸어간 나는, 갓밝이에 우물을 만났습니다.

스물다섯 번째 이야기 • 이상한 우물

어린 왕자가 말했습니다.

"사람들은 급행열차에 몸을 싣고 서둘러 길을 떠나지만, 정작 자신이 무엇을 찾아가는지조차도 몰라. 마냥 안절부절못하며 제자리를 빙빙 돌 뿐이야…."

이어서 어린 왕자는 또 이렇게 말했습니다.

"그건 참 소용없는 일인데…."

우리가 만난 우물은 사하라사막에서 흔히 볼 수 있는 것과는 사뭇 달랐습니다. 사하라사막의 우물은 모래밭에 그저 구멍을 파 놓은 것이었습니다. 한데 우리가 찾은 우물은 여느 마을에 있는 것과 비슷했습니다. 그러나 둘러봐도 주변에는 마을이 보이지 않았습니다. 해서 나는 꿈을 꾸는 게 아닌가 싶어, 어린 왕자에게 이렇게 말했습니다.

"참 희한해. 모든 게 다 갖추어져 있잖아. 도르래며 두레박에 밧줄까지…."

어린 왕자는 웃으면서 밧줄을 잡더니, 도르래를 끌어당겼습니다. 오래 잠들었던 낡은 풍차가 바람에 깨어날

때 그렇듯이 도르래가 삐거덕거렸습니다.

"아저씨, 들리지? 우리가 깨우니까 이 우물이 노래를 부르는 거야…."

나는 어린 왕자에게 힘든 일을 시키고 싶지 않았습니다.

"내가 할게. 네게는 썩 버거울 테니까."

그렇게 말하고, 나는 두레박을 천천히 끌어올려 우물 가장자리 돌 위에 똑바로 세워 놓았습니다. 내 귀에는 도르래 노랫소리가 쟁쟁거렸고, 두레박에서 출렁이는 우물물 위로 햇살이 얄랑거리고 있었습니다.

"난 이 물을 마시고 싶었어. 물 좀 줘…."

어린 왕자가 말했습니다.

그제야 비로소 나는 어린 왕자가 찾는 게 무엇인가를 깨달았습니다!

나는 두레박을 어린 왕자의 입술에 대 주었습니다. 어린 왕자는 눈을 감은 채 물을 마셨습니다. 축제라도 벌이는 것처럼 기뻤습니다. 여느 때 마시던 물과는 아주 다른 무엇인가가 있었습니다. 그것은 지난밤 내내 별빛을 받으며 걸어온 내 발걸음과 도르래의 노래, 그리고 내 두 팔이 애써 길어 올린 것입니다. 그래서 선물처럼 마음을 달뜨게 했습니다. 내가 어렸을 적, 크리스마스트리에서 반짝이던 불빛, 자정 미사의 음악과 웃는 얼굴의 사람들이 함께한 까닭에 선물이 한층 더 빛났던 것과 같은 이치였습니다.

어린 왕자가 입을 열었습니다.

"아저씨네 별에 사는 사람들은 정원 한 곳에다 오천 송이 장미를 가꾸기도 하지만…, 막상 자신들이 찾는 것은 결코 발견하지 못할 거야…."

"그래, 찾아내지 못할 거야…."

내가 대답했습니다.

"그렇지만 찾는 것을 한 송이 장미꽃이나 한 모금 물에서도 발견할 수 있어…."

"물론, 그래!"

내가 대답했습니다.

어린 왕자는 이렇게 덧붙였습니다.

"하지만 눈으로는 볼 수 없어. 마음으로 찾아야 해…."

나는 물을 들이켜고 나서야 겨우 한숨을 돌렸습니다. 해돋이 무렵이면 모래가 꿀 빛깔을 띱니다. 나는 그 색깔에서도 행복을 느꼈습니다. 무엇 때문에 괴로워했을까….

어린 왕자가 다시 내 곁으로 다가와 앉으며 살며시 말했습니다.

"아저씨가 한 약속은 꼭 지켜야 해."

"무슨 약속?"

"알면서 그래…. 내 양에게 씌울 부리망 말이야…. 나는 그 꽃에 대해 책임이 있거든…!"

어린 왕자는 웃으면서 밧줄을 잡더니,
도르래를 끌어당겼습니다.

나는 주머니에서, 끄적거렸던 그림들을 꺼냈습니다. 어린 왕자는 그것들을 보더니 웃으면서 말했습니다.

"아저씨가 그린 바오바브나무들은 어째 좀 양배추처럼 보여…."

"아!"

내 딴에는 그래도 바오바브나무 그림을 상당히 자랑스러워했는데 말입니다.

"여우는… 귀가… 뿔처럼 생겼어…. 그리고 너무 길어!"

그러면서 어린 왕자는 또 웃었습니다.

"이거 참, 너무하는구나! 얘야, 나는 속이 보이거나 안 보이는 보아 뱀 그림밖에 그릴 줄 모른다고 했잖아."

"아, 그래도 괜찮아. 어린이들은 다들 알아볼 테니까."

그래서 나는 연필로 양 부리망을 그렸습니다. 그림을 건네면서 가슴이 미어지는 듯했습니다.

"내가 모르는 어떤 계획이 네게 있는 듯한데…."

어린 왕자는 내 말에 대답하지 않고 이렇게 말했습니다.

"있잖아, 내가 지구 별에 떨어진 지… 내일이면 꼭 일 년이야…."

그러고는 입을 다물더니, 조금 있다가 이렇게 덧붙였습니다.

"떨어진 곳이 바로 요 부근이거든…."

그러는 어린 왕자의 얼굴이 붉어졌습니다.

영문도 모르면서 나는 또다시 야릇한 슬픔을 느꼈습니다. 그때 문득 이런 의문이 생겼습니다.

"그러니까 일주일 전, 내가 너를 만났던 아침에, 네가 사람들이 사는 고장으로부터 수천 마일이나 떨어진 곳에서 혼자 그렇게 걸었던 것은 우연이 아니었구나! 네가 떨어졌던 곳을 찾아 되돌아가던 길이었니?"

어린 왕자는 다시 얼굴을 붉혔습니다. 나는 잠깐 망설이다가 이렇게 덧붙였습니다.

"그러니까, 그 일 년이 다 되었다는 거지?"

어린 왕자는 또다시 얼굴을 붉혔습니다. 묻는 말에는 대답하지 않았지만, 얼굴이 붉어지는 건 '그렇다.'라는 뜻이 담겨 있지 않겠습니까?

"아, 나는 무섭구나…."

어린 왕자는 내 말을 가로막으며 이렇게 이야기했습니다.

"아저씨는 이제 일해야지. 기계 있는 데로 돌아가. 난 여기서 기다릴게. 내일 저녁에 다시 와…."

나는 마음이 놓이지 않았습니다. 한번 길들면 좀 울 염려가 있다는 여우의 말이 떠오른 까닭이었습니다….

우물 옆에는 오래되어 낡은 돌담이 있었습니다. 이튿날 저녁, 비행기 수리를 마치고 그리로 가는데 어린 왕자가 그 담 위에 올라앉아 다리를 늘어뜨린 채 있는 모습이 멀리서부터 보였습니다. 어린 왕자가 누군가에게 하는 말소리가 들렸습니다.

"그래, 생각이 안 나니? 여기는 절대로 아니야!"

어린 왕자가 대꾸하는 걸 보니, 또 다른 목소리와 말을 주고받는 것이 분명했습니다.

"아니야! 날짜는 맞지만, 장소는 아무래도 여기가 아니야."

나는 곧장 돌담을 향해 걸어갔습니다. 여전히 아무것도 보이지 않았고 목소리도 들리지 않았습니다. 그런데 어린 왕자가 다시 대꾸했습니다.

"…물론이야. 내 발자국이 모래 위 어디에서부터 시작하는지 잘 봐 둬. 거기서 기다리면 돼. 내가 오늘 밤, 그리로 가 있을 테니까 말이야."

나는 돌담에서 이십 미터쯤 떨어진 곳에 있었지만,

여전히 아무것도 눈에 띄지 않았습니다.

어린 왕자는 잠시 가만있다가 또 이렇게 말했습니다.

"네가 가진 건 좋은 독이지? 날 오랫동안 아프지 않게 할 자신 있지?"

나는 가슴이 미어지는 듯해서 걸음을 멈췄습니다. 그때까지 나는 여전히 무슨 영문인지를 몰랐습니다.

"이제 그만 가 봐…. 나, 내려가고 싶어!"

그제야 돌담 밑을 내려다본 나는 깜짝 놀라 펄쩍 뛰었습니다! 거기에는 삼십 초 만에 사람을 해치울 수 있는 노란 뱀 한 마리가 어린 왕자를 향해 머리를 곧추세우고 있었습니다. 나는 권총을 꺼내기 위해 주머니를 뒤지며 뛰어갔습니다. 하지만 뱀은 내가 뛰는 소리를 듣고, 사그라드는 물줄기처럼 조용히 모래 속으로 미끄러져 들어가더니 허둥대는 기색도 없이 가벼운 쇳소리를 내며 돌 틈으로 사라져 버렸습니다.

나는 눈처럼 창백하게 질린 채 돌담에서 뛰어내리는 어린 왕자를 간신히 품에 받아 안았습니다.

"이게 대체 무슨 일이냐! 더구나 이젠 뱀하고도 이야기를 다 하고 말이야!"

나는 어린 왕자가 늘 목에 두르고 다니는 황금색 목도리를 풀어 주었습니다. 그러고는 관자놀이를 촉촉하게 적셔 준 다음, 물을 마시게 했습니다. 그러나 이제 더 이상, 어린 왕자에게 무언가를 물어볼 엄두가 나지

"이제 그만 가 봐….
나, 내려가고 싶어!"

않았습니다. 어린 왕자는 웅숭깊은 눈으로 바라보더니 양팔로 내 목을 껴안았습니다. 나는 어린 왕자의 가슴이, 카빈총에 맞아 죽어 가는 새처럼 팔딱이는 것을 느꼈습니다. 어린 왕자가 내게 말했습니다.

"아저씨가 고장 난 기계를 다 고쳐서 참 기뻐. 아저씨는 이제 곧 집으로 돌아갈 수 있겠네…."

"그걸 어떻게 알아?"

참으로 뜻밖에도 비행기 수리를 다 마쳤다는 걸 어린 왕자에게 마악 알리려던 참이었습니다!

어린 왕자는 내 물음에는 아랑곳하지 않고, 이렇게 말했습니다.

"나도 오늘은 집으로 돌아가…."

그러고는 쓸쓸한 목소리로 이렇게 덧붙였습니다.

"그건 훨씬 더 멀고…, 한층 더 어려워…."

나는 무언가 예사롭지 않은 일이 일어나고 있다는 느낌을 받았습니다. 나는 갓난아기 안듯이 어린 왕자를 품에 꼭 안았습니다. 그러나 붙잡을 새도 없이, 어린 왕자가 헤어나기 힘든 구렁 속으로 빠져들어 가는 듯싶었습니다….

어린 왕자는 진지한 눈빛으로, 아득히 먼 곳을 바라보았습니다.

"내게는 아저씨가 준 양이 있어. 그리고 양을 넣어 둘 상자하고 부리망도 있어…."

그러고 나서 어린 왕자는 퍽 쓸쓸하게 웃었습니다. 오래 껴안고 있는 동안, 어린 왕자의 몸이 시나브로 따스해지는 것을 느낄 수 있었습니다.

"꼬마 친구, 무서웠지…."

어린 왕자는 정말 무서웠을 텐데도, 사분사분하게 웃었습니다.

"오늘 저녁이 훨씬 더 무서울 거야…."

돌이킬 수 없는 일이 일어날 것만 같은 예감으로 말미암아 나는 다시금 등골이 오싹해졌습니다. 어린 왕자의 웃음소리를 다시 들을 수 없을 거라는 생각만으로도 견딜 수가 없었습니다. 어린 왕자의 웃음은 나에게 있어서, 사막의 샘물과도 같은 것이었습니다.

"꼬마 친구, 네 웃음소리를 듣고 싶구나…."

그러나 어린 왕자는 이렇게 말했습니다.

"오늘 밤이면 딱 일 년이야. 작년에 내가 떨어졌던 바로 그 자리 위로 내 별이 올 거야…."

"꼬마 친구야, 뱀이니 만날 약속이니 별이니 하는 이야기는 그저 터무니없는 꿈일 뿐이지…?"

그러나 어린 왕자는 내가 묻는 말에는 대답하지 않고 이렇게 말했습니다.

"중요한 것은 눈에 보이지 않아…."

"그렇고말고…."

"꽃도 마찬가지야. 아저씨가 어느 별에 있는 꽃을

사랑한다면, 밤에 하늘을 바라보는 게 참 기쁠 거야. 어느 별에나 다 꽃이 피어 있는 것과 마찬가지일 테니까."

"물론이지…."

"물도 마찬가지야. 아저씨가 내게 준 물은 도르래와 밧줄 덕분에 음악 같았어…. 생각나…? 물맛이 참 좋았어."

"그래, 맞아…."

"아저씨, 밤이면 별들을 쳐다보겠지. 내 별은 너무 작아서 어디 있는지 지금은 아저씨에게 알려 줄 수가 없어. 그렇지만 오히려 더 잘됐지 뭐야. 아저씨에게는 내 별이 저렇게 많은 별 중 하나가 될 테니까…. 그러면 아저씨는 그 모든 별을 낱낱이 바라보며 좋아하게 될 거야…. 별들은 모두 아저씨의 친구가 되겠지. 참, 아저씨에게 선물을 하나 건넬게…."

그러면서 어린 왕자가 다시 웃었습니다.

"오! 친구, 어린 내 친구! 나는 방금 같은 네 웃음소리가 정말 좋단다!"

"바로 그게 내 선물이야…. 그건 물도 역시 마찬가지야…."

"무슨 말이야?"

"사람들이 바라보는 별들이 모두 한결같지는 않아. 여행하는 사람에게 있어서 별은 길잡이야. 또 어떤 사람들에게는 조그만 불빛일 따름이지. 학자들에게는 풀기 힘든 연구 대상이고, 내가 말했던 그 사업가에게는 황금처럼 보일 거야. 하지만 별들은 모두 다, 하나같이 말이 없어. 그러나 아저씨는 어떤 사람도 갖지 못한 그런 별들을 갖게 될 거야…."

"그게 무슨 뜻이야?"

"아저씨가 밤에 하늘을 쳐다보면, 수없이 많은 별 중 하나에 사는 내가 거기서 웃고 있을 테니까, 아저씨에게는 모든 별이 다 웃는 것처럼 보일 거야. 그러니까 아저씨는 웃을 줄 아는 별들을 갖게 되는 거지!"

그러고 나서 어린 왕자는 또 웃었습니다.

"그리고 아저씨의 슬픔이 누그러들면슬픔이란 시간이 지나면 누그러들게 마련이니까, 나를 알게 된 걸 기쁘게 생각할 거야. 아저씨는 언제까지나 내 친구일 테니까, 아저씨는 나와 함께 웃고 싶을 거야. 그러면 이따금 창문을 열겠지…. 그럼, 아저씨 친구들은 하늘을 쳐다보며 웃는 아저씨를 보고 깜짝 놀랄 거야. 그때 아저씨는 이렇게 말하겠지. '그래, 별들을 보면 언제나 웃음이 난다네!' 그러면 아저씨가 미쳤다고 생각할지도 몰라. 그렇다면 나는 아저씨에게 몹시 골탕을 먹이는 셈이네…."

그러고 나서 어린 왕자는 또다시 웃었습니다.

"그건 마치, 별 대신에 웃을 줄 아는 조그만 방울들을 아저씨에게 잔뜩 준 거나 마찬가지야…."

그러면서 되쳐 웃었습니다. 잠시 후 어린 왕자는 진지한 얼굴로 말했습니다.

"오늘 밤에는…, 아저씨…, 오지 마…!"

"나는 네 곁을 떠나지 않을 거야."

"어딘가 좀 아픈 것같이 보일 거야…. 어쩌면 죽는 것처럼 비칠지도 몰라. 원래 그런 거야. 그러니까 보러 오지 마, 구태여 그럴 필요 없어…."

"난 네 곁을 떠나지 않을 거야."

그러나 어린 왕자는 걱정스럽다는 얼굴을 했다.

"이런 말을 하는 건…, 뱀 때문이기도 해. 아저씨를 물지도 모르거든…. 뱀들은 사나워. 재미 삼아 무는 수도 있거든…."

"그래도 난 네 곁을 떠나지 않을 거야."

그러다가 어떤 생각이 어린 왕자를 안심시킨 모양이었습니다.

"두 번째 물 때는 독이 없다는 건 사실일 거야…."

그날 밤, 나는 어린 왕자가 길 떠나는 것을 보지 못했습니다. 소리도 없이 슬그머니 빠져나갔기 때문입니다. 서둘러 뒤쫓아 가 보니, 잰걸음을 놓고 있었습니다. 나를 본 어린 왕자는 그저 이렇게 말했습니다.

"아! 아저씨…."

그러면서 내 손을 잡았습니다. 하지만 어린 왕자는 또다시 걱정했습니다.

"아저씨가 날 따라온 건 잘못이야. 마음이 엄청 아플 테니까. 꼭 내가 죽는 것처럼 보일 거야, 실제로는 죽는 게 아닌데도…."

나는 잠자코 있었습니다.

"아저씨도 알 거야. 여기에서 내 별까지는 너무 멀어. 아무래도 이 몸뚱이로는 갈 수가 없어. 엄청 무거워서 말이야."

나는 아무 말도 하지 않았습니다.

"그건 오래된 껍데기 같은 거야. 낡은 껍데기 때문에 슬퍼할 필요는 없잖아…."

나는 어떤 말도 할 수 없었습니다.

아무래도 어린 왕자는 기운이 빠진 듯 보였습니다. 그러나 다시 힘을 내려고 애를 썼습니다.

"아저씨, 참말 좋을 거야. 나도 별을 쳐다볼게. 별들이 모두 녹슨 도르래가 달린 우물이 될 거야. 그 별들은 모두 내게 마실 물을 부어 줄 테고…."

나는 여전히 말을 건넬 수 없었습니다.

"진짜 재미있을 것 같지 않아? 아저씨는 오억 개의 방울을 갖게 될 테고, 나는 우물을 오억 개나 갖게 되잖아…."

그러고는 입을 다물어 버렸습니다. 어린 왕자는 울고 있었습니다.

"다 왔어. 이제 나 혼자 가게 해 줘."

하지만 겁이 났는지 어린 왕자는 그 자리에 주저앉았습니다. 어린 왕자는 또 이렇게 말했습니다.

"아저씨…, 내 꽃 말이야…. 난 그 꽃에 책임이 있어! 그런데 그 꽃은 아주 연약하고, 게다가 굉장히 순진해! 제 몸을 지키기 위해, 고작 보잘것없는 가시 네 개를 가지고 있을 뿐이야…."

나도 더 이상 서 있을 수가 없어서 주저앉았습니다. 어린 왕자가 말했습니다.

"자… 여기까지야…."

어린 왕자는 또 잠깐 망설이더니 이내 일어섰습니다. 그러고는 한 걸음을 내디뎠습니다. 나는 꼼짝도 할 수 없었습니다.

한 그루 나무가 넘어가듯 천천히 쓰러졌습니다.
모래 위라서 아무런 소리도 나지 않았습니다.

어린 왕자의 발목 언저리에서 노란빛이 반짝였습니다. 어린 왕자는 한순간 움직이지 않고 그대로 서 있었습니다. 비명도 지르지 않았습니다. 이어서 한 그루 나무가 넘어가듯 어린 왕자가 천천히 쓰러졌습니다. 모래 위라서 아무런 소리도 나지 않았습니다.

그러고 나서 어느새 6년이 흘렀습니다…. 나는 여태껏 이 이야기를 누구에게도 해 본 적이 없습니다. 다시 만난 동료들은, 살아 돌아온 나를 보고 무척 기뻐했습니다. 나는 슬펐지만 그들에게,

"피곤해서 그래…."

라고만 말했습니다.

이제는 그래도 슬픔이 얼마간 누그러들었습니다. 그렇지만… 완전히 가신 건 아니라는 말입니다. 그러나 나는 어린 왕자가 자신의 별로 되돌아갔다는 것을 잘 압니다. 다음 날 갓밝이에 어린 왕자의 몸을 찾을 수 없었던 까닭입니다. 그렇게 무거운 몸은 아니었던 모양입니다…. 밤이면 나는 별들에게 귀 기울이기를 좋아합니다. 그것은 오억 개의 방울과도 같습니다….

그런데 이를 어쩌면 좋습니까! 어린 왕자에게 그려 준 양의 부리망에 가죽끈 매는 걸 깜빡 잊어버렸던 것입니다! 어린 왕자는 결코 양에게 부리망을 씌우지는 못했을 것입니다. 그래서 나는 이런 생각을 합니다.

'어쩌지? 어린 왕자의 별에서 무슨 일이 벌어졌을까? 양이 꽃을 먹어 버리지는 않았을까….'

때로는 혼잣말도 합니다.

"그럴 리가 없어! 어린 왕자는 밤마다 그 꽃에 둥근 유리 덮개를 씌워 주고, 양도 잘 지켜보고 있을 거야…."

그럴 때면 나는 행복해집니다. 그러면 별들도 모두 싱그레 웃음을 짓습니다.

이렇게 중얼거리기도 합니다.

"언제고 한두 번은 마음을 놓을 수도 있을 텐데, 그러면 진짜 딱한 일 아닌가! 어느 날 저녁에 그만 둥근 유리 덮개 씌우는 걸 잊어버리거나, 양이 밤중에 소리 없이 빠져나오기라도 한다면…."

그럴 적이면 방울들은 하나같이 눈물로 변해 버립니다….

그것은 정말로 풀 수 없는 수수께끼입니다. 어린 왕자를 사랑하는 여러분이나 또 나에게는, 우리가 알지 못하는 양이 장미꽃을 먹었느냐 안 먹었느냐에 따라 세상이 온통 달라 보일 테니 말입니다….

하늘을 올려다보며, 스스로 묻고 대답해 보십시오.

"양이 그 꽃을 먹었을까, 먹지 않았을까?"

그에 따라 세상 모든 게 얼마나 달라 보이는지 새삼 깨달을 수 있을 것입니다….

하지만 어른들은 아무도, 그것이 얼마나 중요한 일인지 전혀 이해하지 못할 것입니다!

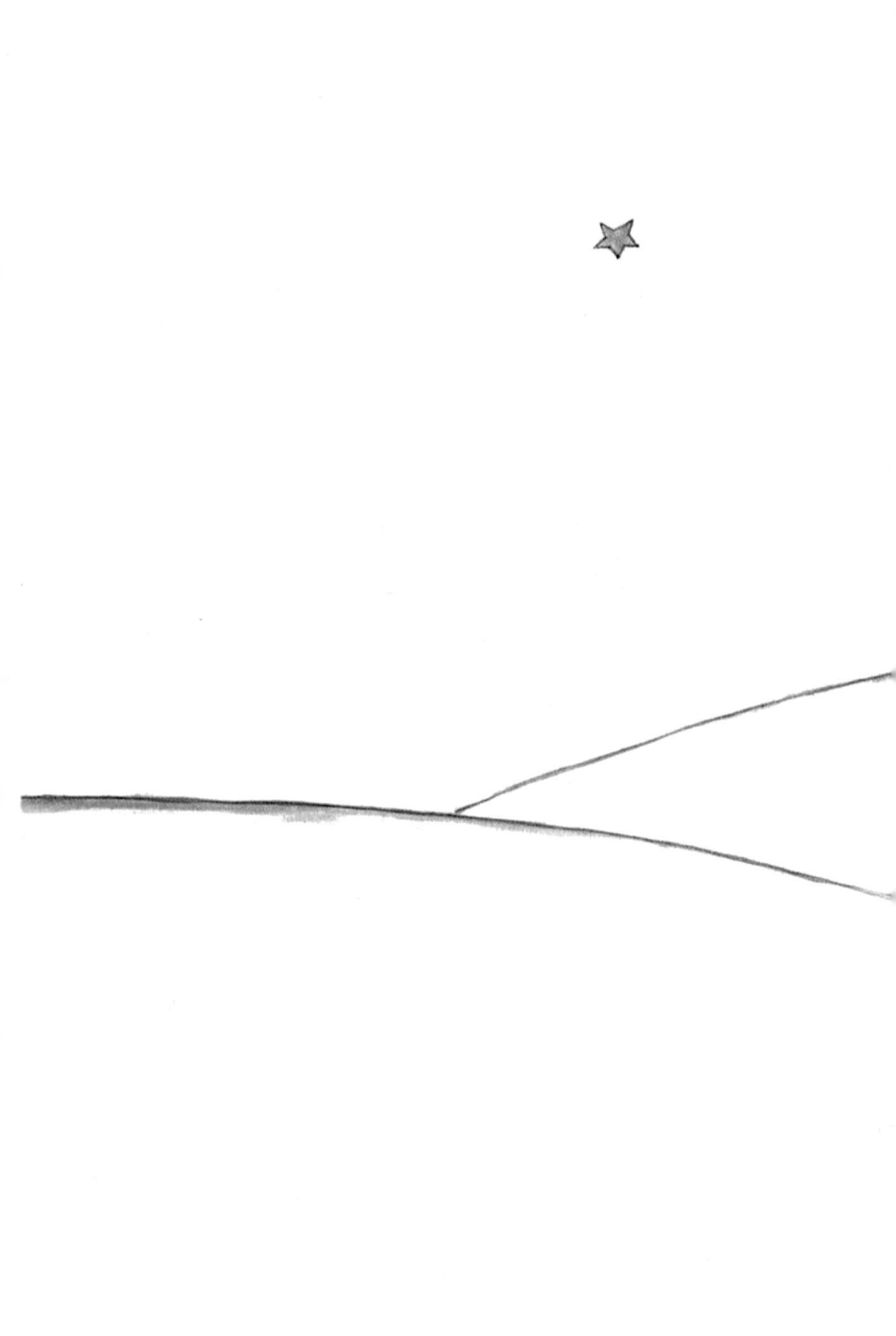

이 그림은 나에게 있어, 세상에서 가장 아름답고도 엄청나게 슬픈 풍경입니다. 앞에 있는 풍경 그림과 같지만, 여러분에게 똑똑하게 보여 주기 위해 다시 한번 그렸습니다. 어린 왕자가 지구 별에 나타났다가 사라진 곳이 바로 여기입니다.

언제고 여러분이 아프리카 사막을 여행하다가 이와 똑같은 풍경을 확실하게 알아볼 수 있도록, 이 그림을 주의 깊게 살펴보기를 바랍니다. 그리고 행여나 여러분이 그곳을 지나게 되거든, 제발 서두르지 말고 이 별 바로 아래에서 잠깐이라도 머물러 주기를 바랍니다. 행여나 그때 한 아이가 여러분에게 다가오며 웃는다면, 혹시 그 아이의 머리카락이 금빛이고, 묻는 말에 선뜻 대답하지 않으면, 여러분은 그 아이가 누구인지 분명히 알아차릴 것입니다. 그렇다면 저에게 친절을 베풀어 주기 바랍니다. 이렇게 깊은 슬픔에 빠진 저를 내버려 두지 마십시오. '그 아이가 돌아왔다.'고 곧바로 편지해 주시기를….

1900년0세 6월 29일, 앙투완 마리 로제 드 생텍쥐페리, 프랑스 리옹에서 맏아들로 태어남아버지 장 드 생텍쥐페리, 어머니 마리 브와이에 드 퐁스 코롱스. 누나 마리 마들렌과 시몬·남동생 프랑수아·여동생 가브리엘 등 5남매 중 셋째.

1902년2세 남동생 프랑수아 태어남.

1904년4세 3월, 보험회사 감사로 일하던 아버지가 갑자기 뇌출혈로 사망. 어린 시절을 외가 왕고모인 도리코 백작 부인의 생 모리스 드 레망 성城과 외할아버지 샤를르의 라 몰 성에서 보냄.

1909년9세 9월, 아버지 본가가 있는 르망에 정착하고, 아버지 모교인 콜레주 노트르 담 드 생 크루아에 입학.

1912년12세 여름 방학 때, 조종사 베드린과 함께 앙베리외공항에서 처음으로 비행기를 탐. 키윌뵈프 선생에게 바이올린 지도 받음.

1914년14세 10월, 동생과 함께 리옹에 있는 콜레주 몽그레에 입학했으나, 전쟁제1차 세계대전과 건강으로 말미암아 중립국인 스위스 프리부르에 있는 콜레주 드 라 빌라 생장으로 전학.

1917년17세 7월, 남동생 프랑수아가 병으로 사망. 10월, 바칼로레아 준비를 위해 파리에 있는 사립 기숙학교보쉬에에 입학.

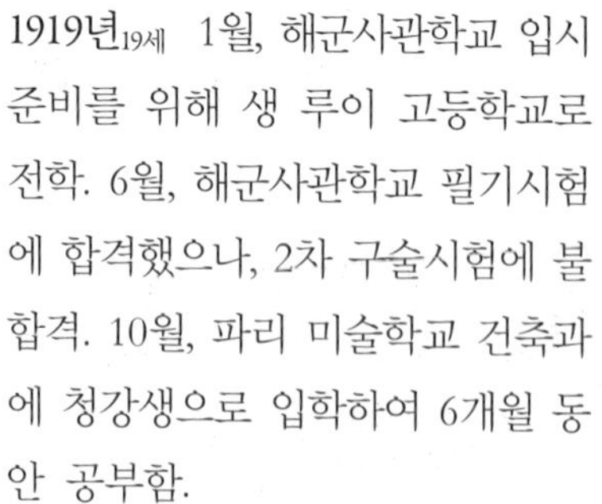

1919년19세 1월, 해군사관학교 입시 준비를 위해 생 루이 고등학교로 전학. 6월, 해군사관학교 필기시험에 합격했으나, 2차 구술시험에 불합격. 10월, 파리 미술학교 건축과에 청강생으로 입학하여 6개월 동안 공부함.

1921년21세 4월, 공군에 입대하여 스트라스부르에 있는 제2비행연대 정비부대 소속으로 근무 중, 로베르 아에비에게 교습을 받고 조종사가 됨. 사관생도 자격으로 카사블랑카에 있는 제37비행연대로 전속.

1922년22세 10월, 제34비행연대 전투중대 중위로 근무. 시인이자 소설가인 루이즈 드 빌모랭을 만나 약혼.

1923년23세 1월, 비행기가 부르제공항에 추락하여 두개골

골절상을 입음. 비행기 조종사가 위험한 직업이라며 약혼자 집에서 반대하자, 6월에 전역하여 틸르리 드 부아롱에 취직했으나 끝내 파혼함. 여동생 가브리엘이 피에르 드 지로 다게와 결혼. 작가 수업 시작.

1924년24세 소레자동차 회사로 옮겨, 지방 담당 트럭 판매원으로 일함.

1926년26세 잡지 ≪르 나비르 다비장≫ 4월호에 단편 소설 「비행사」 발표. 11월, 라테코에르항공사에서 사무원으로 일하다 조종사가 되어 툴루즈-카사블랑카-다카르 노선의 우편기를 조종함.

1927년27세 6월, 누나 마리 마들렌이 병으로 사망. 10월, 모로코 남부 캅쥐비 항공 기지 착륙장 지점장이 됨.

1929년29세 3월, 프랑스로 돌아와 브레스트에서 해군 항법 전문 과정 교육을 받고 디플롬 획득. 6월, 첫 번째 소설 『남방 우편기』를 갈리마르출판사에서 펴내고 전속 계약을 맺음. 9월, 아에로포스탈 아르헨티나 회사 영업부장이 됨.

1930년30세 4월, 레지옹 도뇌르 훈장 기사장 받음. 6월, 22번째로 안데스산맥을 비행하던 친구 기요메가 추락했으나 극적으로 생환. 수색에 나섰던 생텍쥐페리는 그 경험을 『인간의 대지』에 묘사함. 9월, 알리앙스 프랑세즈 리셉션에서 과테말라 출신 문인 엔리케 고메즈 카리요의 미망인 콘스엘로를 만남.

1931년31세 1월, 어머니가 부에노스아이레스로 찾아와 2월에 함께 귀국. 3월, 아에로포스탈사가 재정 위기에 빠져 해체됨. 4월 12일, 콘스엘로 순신과 결혼하고 프랑스-남미 노선에 취업. 두 번째 작품집 『야간 비행』을 갈리마르출판사에서 펴내고 12월에 페미나상을 받음.

1932년32세 생 모리스 드 레망성이 리옹시에 매각되고 어머니는 칸의 아파트로 이사. 아프리카 노선에 배치되었다가 카사블랑카-다카르를 오가는 우편기를 조종함.

1933년33세 라테코에르사의 연습 조종사로 입사했으나, 12월, 라테 293 수상기 사고로 해고됨.

1934년34세 4월, 에어프랑스사 프랑스 및 해외 선전국에 입사.

7월, 사이공으로 정찰 비행을 다녀오는 등 외국 출장을 자주 다님.

1935년35세 5월, 일간지 ≪파리 수아르≫의 청탁에 따라 모스크바 여행기를 쓰고, 11월, 카이로·아테네 등 지중해 일주 강연. 12월, 파리-사이공 비행 기록을 세우기 위해 시문기를 타고 이집트로 향했으나 리비아사막에 불시착. 5일 동안 헤매다가 베두인 카라반에게 구조됨.

1936년36세 8월, ≪랑도랑 시진≫ 스페인 특파원이 되어 「격렬한 시옹의 스페인」 발표.

1937년37세 2월, 에어프랑스사의 의뢰로 카사블랑카-툼북투-바코마 항로 개척. 4월, ≪파리 수아르≫ 특파원으로 카르바셀과 마드리드 전선 등에서 스페인 내란 취재.

1938년38세 2월, 뉴욕-남아메리카 최남단 장거리 비행에 도전했다가 추락하여 심하게 부상. 콘스엘로와 별거 시작. 7월 초, 린드버그의 책 『바람이 인다』에 「머리말」을 씀.

1939년39세 2월, 『인간의 대지』를 갈리마르출판사에서 펴내고, 4월, 아카데미 프랑세즈 소설 대상을 받음. 7월, 친구인 기요메가 조종하는 비행기로 북대서양 횡단. 9월, 제2차 세계대전이 일어나자 공군 대위로 툴루즈 비행대 교육을 담당하다가 정찰대인 2/33전투비행단에 배속됨.

1940년40세 8월, 공군에서 전역하고 프랑스·포르투갈 여행. 10월, 미국 출판사로부터 『인간의 대지』 영문판인 『바람과 모래와 별』의 판촉과 새로운 책 원고 청탁을 받고 미국으로 감. 11월, 적기로 오인받은 기요메의 비행기가 지중해 상공에서 격추되었다는 소식을 들음. 소설 「전시 조종사」를 집필하고, 「성채」를 구상함.

1941년41세 2월, 호텔 생활을 청산하고, 뉴욕 센트럴파크 사우스 240번지 27층 아파트로 이사하여 집필에 몰두함.

1942년42세 2월, 『전시 조종사』 영문판인 『아라스 정찰 비행 *Fligt to Arras*』을 펴내고, 『어린 왕자』 원고와 일러스트 작업 시작. 11월, 연합군이 북아프리카에 상륙하자 라디오를 통해 프랑스인의 단결을 호소함. 12월, ≪뉴욕타임즈≫에 공개편지 「모든 곳에 있는 프랑스인에게」 발표. 2/33전투비행단 합류 방법 모색함.

1943년43세 2월과 4월, 뉴욕에서 『어떤 인질에게 보내는 편지』 『어린 왕자』 각각 출판. 5월, 미국을 떠나 알제의 우지다에서 미국군 지휘를 받는 자신의 편대에 합류. 7월, 튀니스로 이동. 8월, 두 번째 출격에서 착륙 실수로 기체를 파손하여 비행 금지 명령을 받았는데, 31편대 샤생 대령의 도움으로 사르데뉴 주둔 부대에 배속되어 비행 훈련을 함. 다섯 차례만 비행한다는 조건으로 2/33전투비행단에 복귀하고, 미완의 대작 「성채」 원고 수정.

영원히 돌아오지 못하고 격추된 비행기 'P-38 전투기' 잔해.

1944년44세 7월 31일 아침 8시 30분, 그르노블-안시 지역 정찰 임무를 띠고 출격했으나 행방불명됨. 코르시카 상공에서 독일군 정찰기에 피격당했을 것으로 추정.

생텍쥐페리 이름이 적힌 사슬 팔찌는 1998년 9월 7일 프랑스 남부 마르세유 리우섬 근해에서 어부의 트롤망에 걸려 올라온 것이다. 1944년 지중해 정찰 비행 중 추락한 것으로 추정하던 생텍쥐페리의 죽음을 증명하는 유품이다.

1945년 9월 20일, 바스티유재판소에서 사망 확인.

1948년 3월, 소설 『성채』를 갈리마르출판사에서 펴냄.

2000년 5월, 프랑스의 한 잠수부가 프랑스 마르세유 근해에서 생텍쥐페리와 함께 실종됐던 항공기 P-38 전투기 잔해 발견. 이후 2004년 4월, 프랑스 수중 탐사팀이 항공기 잔해 추가 발견.

『어린 왕자』 다시 보기

•— "사람들은 다 어디에 있어? 사막은 좀 외롭구나…."
"사람들 틈에 있어도 외로운 건 마찬가지야."

•— "네가 나를 길들이면 우리는 서로에게 필요한 사이가 될 거야. 나에게는 네가 세상에서 단 하나뿐인 존재이고, 네게도 내가 세상에서 단 하나뿐인 존재가 될 거야…."

•— "누구든 자신이 길들인 것밖에 알지 못해. 사람들에게는 이제 무언가에 대해 알아볼 시간조차 없어. 그들은 가게에서, 이미 다 만들어진 물건들을 살 뿐이야. 그런데 어디에도 친구를 파는 가게가 없으니까, 사람들에겐 이제 더 이상 친구가 없어. 네가 친구를 갖고 싶으면 날 길들여!"

•— "같은 시간에 왔으면 더 좋았을 텐데. 가령 네가 오후 네 시에 온다면, 나는 세 시부터 행복해질 거야. 시간이 갈수록 차츰차츰 달뜨면서 더 행복해질 거야. 네 시 무렵이면 내 마음은 들썩거려 안절부절못할 테지. 그러면서 나는 행복이 얼마나 값진 것인지 깨달을 거야. 하지만 네가 아무 때나 온다면, 몇 시부터 마음 단장을 해야 할지 전혀 알 수 없겠지….

이를테면 의식 같은 게 필요하다는 거야."

• — "내가 일러 준다던 비밀은, 정말 간단한 거야. 오로지 마음으로 보아야만 잘 볼 수 있다는 거지. 가장 중요한 것은 눈에 보이지 않는 법이거든."
여우가 말했습니다.
"가장 중요한 것은 눈에 보이지 않는 법이다."
잘 기억해 두려고, 어린 왕자가 되뇌었습니다.

• — "네 장미꽃을 그처럼 소중하게 여기는 것은, 장미꽃을 위해 바친 시간에서 비롯했음을 알아야 해."
"장미꽃을 위해 바친 시간…."
잘 기억해 두려고, 어린 왕자가 되뇌었습니다.
"사람들은 이 같은 진리를 잃어버렸어. 하지만 넌 결코 그것을 잃어버리면 안 돼. 네가 길들인 것에 대해서는 언제까지나 책임을 져야 해. 너는, 네 장미꽃에 책임이 있어…."

• — "별들이 아름다운 건, 우리 눈에 보이지 않는 꽃 한 송이가 있어서야…."
"사막이 아름다운 것은, 어딘가 우물을 감추고 있어서야…."

• — "아저씨가 밤에 하늘을 쳐다보면, 수없이 많은 별 중 하나에 사는 내가 시기시 웃고 있을 테니까, 아저씨에게는 모든 별이 다 웃는 것처럼 보일 거야. 그러니까 아저씨는 웃을 줄 아는 별들을 갖게 되는 거지!"

온 가족이 함께 읽는

어린 왕자

2023년 10월 10일 초판 1쇄 찍음
2023년 10월 20일 초판 1쇄 펴냄

지은이 _ 앙투안 드 생텍쥐페리
옮긴이 _ 송재진
펴낸이 _ 하태복

펴낸곳 _ 이가서
주소 _ 서울특별시 중구 서애로 21 필동빌딩 301호
출판 등록 _ 제10-2539호
전화 _ 02-2263-3593 팩스 _ 02-2272-3593
전자 우편 _ leegaseo1@naver.com

ISBN 978-89-5864-065-3 03860